先变成更喜欢的自己
然后遇到一个不需要取悦的人

We'er extremely

fortunate not

to

know precisely

the

kind of world we live in.

卢思浩 ／ 作品

愿有人陪你
颠沛流离

湖南文艺出版社
HUNAN LITERATURE AND ART PUBLISHING HOUSE

博集天卷
CS-BOOKY

愿 有 人 陪 你 颠 沛 流 离

/

🌤 目 录 *Contents*

不完全阅读指南

写在前面的话

关于生活

关于友情

关于梦想

关于爱

不完全阅读指南

愿 有 人 陪 你 颠 沛 流 离

/

阅读天气指引

※在每篇文章结尾处提供适合阅读本篇文章的天气

背景音乐推荐

BGM: Dj Okawari Flower Dance
BGM: 五月天《咸鱼》
BGM: WANDS《直到世界的尽头》
......

※在每篇文章结尾处提供适合阅读本篇文章的音乐

愿 有 人 陪 你 颠 沛 流 离

/

2009年我来到墨尔本，在飞机上我给自己列了个单子，写满了这几年要做的事。转眼到了2014年，回头看，单子上的事除了学会做饭以外，实现得寥寥无几。

其中有一条是要交到很多好朋友，最好是来自不同国家的。要和各国人民打成一片，最好孤独这种东西永远不要出现在自己的生活里；然而孤独在很短的时间内却席卷了我的生活。

这是我之前完全想不到的情形，那时我总觉得以我的个性，交朋友肯定不是难事。然而诡异的是，尽管我有五花八门的朋友，却始终没有好友或者知己。久而久之，我认识的人越来越多，朋友圈却越来越小，直到前几年最终确定了下来。

好像应该难过一下，可又觉得没什么好难过的。我们之所以觉得成长是一件糟糕的事，是因为我们变成了曾经鄙视的自己。还好我没有，虽然很多事情没能做到，至今觉得可惜，但好在我没有变成我自己鄙视的那种人，我还不准备把我的世界让出去。

出乎意料的事除了这件，还有一件：如今我正坐在电脑桌前为我的新书写序。

我们是幸运的，却也是孤独的。我们发现世界远比自己想象的宽广，却又找不到适合自己的路；我们发现人与人之间认识的方式越来越多样，可能走进心里的却越来越少；我们发现我们已经到了儿时羡慕的年纪，却没变成儿时羡慕的那种人。

然而我们只能选择向前走，即使迷茫，也得往前走。我们碰壁，我们跌倒，我们迷茫，然后爬起来继续往前走。很长一段时间内，因为突如其来的孤独感，和朋友之间越来越少的联系，我开始觉得自己是孤身一人。

这个时候我开始写字。

我开始尝试着写下自己的心情，了解自己在想什么，我尝试记录生活，从中了解我能够做什么。

了解我的人都知道，我无比依赖音乐，只要一有空闲我就会戴上耳机。在每篇文字的背后，我也会选上一首当时我写那篇文字时听的歌。很多时候我没明白这些歌对我的意义，当我开始写字的时候，我开始明白，我之所以会这么热爱音乐，是因为在音乐里我能听到我自己。我可以清晰地感觉到，自己不是孤单的，至少自己孤身一人时的所有心情都被写进歌里面了。

文字也是如此。

于是便有了这本书，这本书里记载着很多关于我，或者是我身边的故事。写着我是怎样在孤独中熬了过来，写着我是怎样在迷茫中走到了现在，写着我是怎样在一次次的熬夜中找到了自己的节奏。

我如今依旧迷茫，但这不是对现状的不安，而是不知道未来会发生什么。我想，只要我们还在向前走，我们就无法确信明天会发生什么。正因为如此，今天的我们才要把现下的每一步走好。

如今这已经是我的第三本书了，其实感谢的话在心里说了几万次，可常常说不出口。我想有些话不用说你们也能懂，否则你们不会拿起这本书看到现在。有人问读书和看电影有什么用。我觉得看书、看电影是一个沉淀的过程，能让你更平和地面对一些事情。也许你刚读完后觉得并没有什么用，但是坚持下去你就会发现大有不同，那些读过的书、感悟的心情会变成你的一部分，在你不知情的情况下变成你的信念，让你能以你自己特有的节奏生活下去。

我最大的愿望就是，在你看完这本书之后，你会发现世界上还有人和你一样在迷茫中前进、在尴尬中寻找方向。即使我们的道路和方法都不同，我们依旧能成为彼此的力量。这世上没有什么比陪伴更强大的力量，所以我希望这本书可以陪你走过一段路。

世界就是如此，我们都在逐渐失去中得到一些，在不停跌倒中成长一些。所谓生活不过是把往事成诗，把回忆下酒，大口喝完回忆这杯酒，甭管当初跌得多痛，我们都得继续往前走。在这段路上，你不是一个人，至少在这里你找到了一个同类。世上永远有一群人在和你并肩努力，把这样的陪伴铭记于心，把自己坚持的路走下去。

总有一天我们要用自己的力量站稳，这是我们约好的，你可别输了。

关于
生活

卢思浩说：

愿 有 人 陪 你 颠 沛 流 离

成长的一部分就是你会不断地和熟悉的东西告别，和一些人告别，做一些以前不会做的事，爱一个可能没有结果的人。不做一些事心痒痒，做了又觉得自己傻。

很久以后我才明白，所谓的成长，就是越来越能接受自己本来的样子，也能更好的和孤单的自己，失落的自己，挫败的自己相处，并且接受它，然后面对它。

无论将来会遇到谁，生活都是先从遇到自己开始的。

世界太大，听听自己

每个人都在寻找一样东西，可我们却很少认真地问问自己到底要什么。
我们不停赶路、永不停歇，却时常怀疑自己追寻的是不是自己需要的，
因而我们变得越发焦虑。世界太大，别人的路是参考，不是标准。你
必须找到属于你自己的，你要学会捂上耳朵，不去听身边熙熙攘攘的声
音，听听你自己的声音。

（一）我们为什么会焦虑

曾经我在《你唯一能把握的，是变成最好的自己》里说，我们之所以会觉得焦虑，无非是因为现在的自己和想象中的自己，很有距离。

而焦虑的另一个原因，我认为来源于社交网络，比如人人网和微博。

因为大部分人都会把精挑细选的照片放在网上，人们也只会把到处旅行时拍下的各种美景的照片放在网上，所以总有人比你工作好、比你漂亮，生活比你丰富多彩。总会有一种错觉让你觉得好像别人不需要怎么努力就可以过得很好，而你自己怎么做也做不好。于是你觉得真不公平，为什么我要这么苦逼？

所以我在这里要说的第一点就是：你不是一个人在苦逼。

打个比方，我有个女神，她在芝加哥大学念法律博士，最"令人发指"的是，作为博士，她今年居然才23岁。活生生的女神，看她的微博，就感觉她活得特别潇洒、特别自在，总觉得她无时无刻不在旅行，而在旅行的同时，她还能在学刊上发表paper。关键是她长得还特别好看，这种人在我眼里简直是一个bug。

但是我跟她熟了以后才发现，原来她每天只睡五个小时，她的论文前后改了十几次，改得她差点儿就崩溃了。然后因为长期熬夜，导致她的胃也有问题，只是她选择不把这些苦逼表现出来，因为她觉得抱怨一点儿用也没有。

很多人在生活中也是如此，有些人看着你的照片会说这个人过得真滋润；然而实际上，你过得很好，但你绝对没有照片上那么好。

其实每个人都不是你看到的样子，这些年来，可以说我没有看到绝对的天才，也没有看到完全的傻瓜。实际上，那些你看起来觉得毫不费劲的人，都付出了很大努力。在你被他们的光芒吸引的时候，你没能看到他们付出了什么样的代价。

即使在现实生活中，那些如同神祇一样的牛人，也会有看书看不进去、写论文写到要抓狂的时候，只是他们都不会表现出来，也不会抱怨。那些闪闪发光的牛人跟你的不同其实只是，他们已经学会了不抱怨，把抱怨的时间用来做该做的事。

仅此而已。

要说的第二点，是一个有关焦虑的现象。这个现象可以用八个字来形容：看似忙碌，实则焦虑。

我最早关注到这问题，就是因为我的一个朋友。

他总是一早就出门，早上在图书馆里自习，下午参加社团活动，晚上去打工。他把自己的时间分成很多块，每天忙碌无比。可过了没多久，他和我说自己根本不知道自己在做什么。

简而言之就是静不下心来。

他背单词是想考研，参加社团活动是想给自己的履历加上一笔，打工是想知道工作的感觉。

他说刚开始觉得挺有动力，到后来就突然间觉得没动力了。想做的事情太多反而不知道从何开始。你说背单词吧，是因为曾经想考研。但现在又觉得也许工作比较好，就想要边找工作边背单词，找到合适的工作就先去工作两年。这几天他又看到了一篇日志，写那个人在间隔年做的一些事情，特别让他羡慕，他又觉得也许在工作或者考研前应该去旅行，可是又觉得落下这些单词很不应该。

因为他怕来不及。因为我们怕来不及，特别当我们曾经的朋友都已经走得很远的时候。所以我们开始拼命地买书，买单词书来背；有人说考研有前途，你又马不停蹄地开始准备考研；过了几天我们看到别人上传的旅行照片，你又开始幻想去旅行。

一本书买了不看也不过是印着字的纸而已；单词书买了不背充其量就是26个字母的排列组合；下载的演讲公开课不听也只是一堆无用的影像，可能你只是随手下载了，就再也没有去看过。于是有一天你发现，堆积的东西已经看不完了。

你看着一堂堂公开课、一本本单词书，无从下手，从而越发焦虑。

拖延和等待，是世界上最容易压垮一个人斗志的东西。

我不知道这样的人有多少，但是我可以肯定，每个人身边几乎都有这样的人。他们做一些事情，并不是出于自己的爱好，或者深思熟虑的结果，而是他们想要让自己忙碌起来，可以让自己看起来不被别人落下太多。

你想考研，又发现选择工作的学长现在风生水起；你想工作，又看到好友的疲惫和不爽；你想缓一缓，又发现身边每个人都急着赶路。当你在别人身上寻找答案时，你会发现一个问题的答案有几千种。别人的路是参考，不是标准。选择是为自己也是只有自己能做的事，只有这件事不能给自己留后悔的余地。

不要看到别人做什么好，就去尝试做什么，因为每个人表现给你看的不一定就是全部。很多时候你跑到别人的轨道上了，发现那个轨道不适合你，看起来光鲜的人其实也有属于他们自己的苦逼。看到全部，再谨慎地做选择。

那么怎么打败焦虑？打败焦虑的最好办法，就是去做那些让你焦虑的事情。

出发永远是最有意义的事，去做就是了。

真的是这样。

（二）旅行能解决所有问题？

前两天有人给我发邮件说，旅行了一圈回来发现自己还是很焦虑，好像旅行没有那么大的作用。

我自己有阵子也很热衷于旅行。满以为自己完成了打怪升级的过程，结果面对生活的时候还是灰头土脸。

的确，旅行无法为你要面对的现实带来多大改变，你要做的论题还是那么多，你的上司还是那个。如果你没能清楚地认识到最后你都是要回来的，那么旅行对于你可能并没有那么大的功效。去旅行就能一定能够发现自己？别信这句话。如果你只去最热门的景点，只看最美丽的景色，同时又在不停地上网，那是没有用的，因为你没能有所成长。

什么叫在旅行中有所成长？我认为，旅行最重要的是学会独处，旅行是一种催化剂，它能够让你找到自己内心的节奏，但这前提是你要意识到这一点：就是因为你身处喧嚣中太久了，你才会想要去别的地方。然而如果你在旅行的同时又在不停地害怕孤单害怕寂寞，那这样的旅行不过只是从一个你待腻的地方去另一个别人待腻的地方而已。你终究是要回来的，你回来之后要面对因为旅行而落下的工作，你迟早要面对生活的不如意，如果你没能培养出平和的心境，那么回来之后你只会觉得生活更加不如意。

苦逼了就想去旅行？难过了就想要离开？那你只会觉得越来越糟。

旅行不是你逃离的借口，它应该是寻找的过程，它更像对自己辛苦工作的奖励。因为我辛苦了，所以我可以给自己放个假。也只有这样，你在放松的时候才能够心安理得。

我希望所有旅行的人，都能够来一场自己一个人的旅行，学会怎么面对孤单、怎么面对寂寞，以及怎么面对自己，这才是最重要的。所以不妨就带着几本书、几首歌上路吧，去一个你不熟悉的地方，不要追逐那些景点，我想你一定会更有收获。

（三）你不是一个人在苦逼

身边有正能量的好朋友真的是件特别幸福的事情，每当你没动力的时候，只要看一眼同在奋斗的朋友就会有动力。虽然我们的领域不同，做法也不同，但我都会被激励到。如果你的好友和你有共同的爱好和动力来源，那更是幸福的事。你不是一个人在苦逼，也不是一个人在奋斗，至少有人和你一样。

我知道你会说自己过得不如意，但是其实换个角度来看，你过得并没有那么不如意，或者可以说，其实大家都一样。

你觉得自己爱错了人，可是谁没爱错过几个人渣呢？你说自己做的事情总有人不喜欢，可是又有谁能让所有人都喜欢呢？绝大部分人，都没有办法一步登天、一蹴而就，哪怕是那些你无比羡慕的人，他们背后也付出了百般努力。请不要太在意生活里的那些苦逼，牛逼跟苦逼其实只有一墙之隔。

其实在你羡慕别人的同时，不妨看看自己。是不是也会有人说"你的生活真好啊，看你的照片过得很滋润"？然而没有人知道你忙到半夜3点才睡觉，第二天一早又得爬起来。有人看到你满是浮肿的眼睛问你怎么了，你以为找到了救星想要好好倾诉一番，可几句话之后就又变得无话可说。

不管昨夜你是多么泣不成声，早晨醒来城市依旧车水马龙。

你我都一样，别抱怨，也别难过，在这个世界上能有那么几个人懂你，就是无比幸运的事情了，而那个跟你无比契合的人，别着急，还在未来等着你呢。不要因为今天的一点点不顺心，就随便把今天输掉。

别人永远不会知道你有多好，就像他们不知道你有多糟糕，反之亦然。

（四）世界太大，听听自己

基友和我讨论的时候，我们曾经说到这么一段话：人这一辈子最重要的就是找到自己的想法，有自己的一套体系。不管是别人过得多好，都不会因此把自己的生活丢掉。

要找到自己的想法，说起来简单，其实比想象的更难。但每个人多多少少都有自己的想法，剩下的就是如何把自己的想法坚持下去的问题。要知道自己的想法，就要学会和自己相处。你做一件事情，会有本能的判断，你因为这件事情会得到充实，那就去继续做，直到你找不到任何说服自己继续做这件事情的理由。

我的方式就是不断地和自己独处，我以前时常迷茫，我就会在午夜时分不停地听歌、不停地写字，或者看书，或者和最好的朋友谈心，从中感受到一些自己想要追寻的东西。这种东西一开始只是一种微光，但到后来会慢慢地放大。

或许一个人的想法会有所改变，但在某个时期你总会有自己的想法。那么在这个时期就得按照自己的想法来，别人活得光鲜或者成功，那都和你没关系。你或许会哭、会累、会委屈，但你必须站在自己想站的地方。

过别人的人生没有任何意义，世上如果只有一种牛逼的活法，那便是用自己想要的方式度过自己的人生。

不要问，不要等，不要犹豫，不要回头，既然你认准了这条路，就不要去打听要走多久。比成功更重要的是，一个人要有内在的丰富和自己喜欢做的事情。这就是我们一路奋战的原因，我们一路奋战，为的不是变成别人，为的不是改变世界，而是不让世界改变，能够用自己的力量平稳地站在大地上，并且尽可能地保护身边的人。

我的生活其实挺平淡的，没有那些成功人士的跌宕起伏，然而我觉得这样更真实。

写稿子的时候，我每次都会有写不出来想撞墙的时候；做assignment（课业）的时候，我也有想把一切推倒重来的时候。然而我都坚持过来了。

一个人在通往自己的梦想路上，有太多东西让你停下脚步：可能因为大家觉得不安稳，可能是你还有其他事情要做，可能是因为渐渐没有了勇气，可能是因为失败挫折太多。但一个人会坚持走下去，原因只有一个，是因为你想要实现它。

如果说你觉得快要泄气的时候，请记得有这么一个没天分的我也能变成现在这个样子。

世界已经太吵，你更需要听听自己。

世 界 太 大 , 听 听 自 己

承 认 自 己 的 软 弱
比 故 作 坚 强 有 用 得 多

我们总是在自信和自卑中寻找平衡点，以前觉得无所不能，慢慢发现现实终究不是想象。我们都会有很多束手无策的时候，总以为可以逃避过去。谁都有傻×的时候，不妨承认那些，才能脚踏实地地向前走。

小学时班里有个小胖子，那时我们给他起了很多外号，有"胖子""包子"，还有比较难听的"胖猪"。每次上体育课跑步测验，班里几个男生就会在一旁起哄，大声说"快来看胖猪跑步喽"，边说边笑，恨不得拿起爆米花在一旁边吃边看笑话。

儿时的我们大多不自觉地残忍，因为无知。我们以为世界非黑即白；我们以为世人皆醉我独醒；我们会仅仅因为一个人胖就肆无忌惮地取笑他，他越生气我们就觉得越好笑；我们陶醉其中，以为自己是正义使者，却没想到这对人的伤害有多大。现在回想起来，我还是会忍不住骂当时的自己是个傻×。

后来网上看到他加我好友，也就这么几言几句聊起来。他还感叹那时的日子，每次回家他都会对爸妈生闷气，甚至还想自己根本就不该被生下来，搞得家里气氛一直很不好。他一直痛恨自己又自卑，直到大学后才慢慢好起来。他说他后来知道自己的胖是遗传的，没办法，只能接受这个事实，之后也就渐渐不那么自卑了，才发现之前一直压着自己的是内心对自己的逃避。

现在他工作稳定，有一个从大二就在一起的女朋友。他本来不爱po（晒）自己的照片，现在倒也建了个相册记录起自己的生活来，相册的名字是"接受自己本来的样子"。我看到这个相册的时候，突然莫名有点儿感动，想感谢这个世界的神没有让一个大好少年在我们肆无忌惮地取笑和孤立中迷失自己。

接受自己本来的样子。

我莫名地对这句话记忆深刻，某天晚上我突然想起以前的小事来。小时候过年会放烟花，我早早吃完饭缠着我爸放烟花。我们家只有那种小烟花，大概只有十响，也不好看，邻居放的烟花是六十响的，噼里啪啦还会变色。那瞬间我突然不想放烟花了，整个人开始别扭起来，莫名地自卑和焦虑。我爸一脸开心地拉我一起去点火，我死活不挪步，我爸一脸茫然地看着我，我半晌说了一句："我们家的烟花不好看……"

这是我为数不少地想骂当时的自己是傻×的时刻之一。

儿时的我有很多现在看起来又傻×又阴暗的想法，比如：为什么我妈不够漂亮，为什么爸妈不给我买更好的，为什么自己不够高大帅气，为什么自己四年级就近视了，那还是戴眼镜很稀奇的时候。那时候我被整个班级嘲笑是四眼田鸡，嘲笑了两年，直到后来大家都开始戴起眼镜。我娘亲是世界上最漂亮的女人，没有之一；我爸妈对我好得无可挑剔，可在那时我只是挑剔不已，硬要做一些不必要的对比。

初高中时攀比依旧盛行，然后眨眼到了大学。刚开始很不适应，第一个不适应就是身边没有人陪，一个人坐车、吃饭、上学，在高中小集体扎堆的时候，我一直觉得一个人的生活是没法想象的，光是靠近一下都会觉得像在月球无法呼吸。没承想没多久自己就过上了这样的生活，我看着别人扎堆的时候就会下意识地羡慕，一个人吃饭的时候感觉别人都在看我。那时候我远没有达到写出"孤独是你的必修课"时的心境，而是一味地认为孤独是可耻的。

孤独从来不可耻，认为孤独是可耻的人才是可耻的。

除了这一点，我也开始不可避免地遭遇挫败，再不像以前只要努力总能考好一点儿，只是生活怎么可能只有考试。也在课余时间开始写书，接下来的故事大家都知道：2009年时写了15万字被毙，后来2012年完成的稿子因为种种原因到2013年中旬才变成了书稿。那时也会想，同期的朋友们已经出了第三、第四本，只有我还在原地踏步，是不是自己的决定是错的。很长一段时间，挫败感与我如影随形。

你知道孤独挫败这种东西，在某个时段会突然降临到你的身上，从此变成你的一部分，或许这是每个人必经的过程。

后来我想起我的近视，有些东西无法避免，只得习惯，就像之前我习惯我的近视。我必须接受自己本来的样子，接受自己孤单的样子、挫败的样子、失落的样子，学会和这样子的自己相处。想要克服这些，首先就要接受这些，接受自己所有的缺点。

不妨这么说，有时候承认自己其实很软弱，比假装自己很坚强有用得多。首先你得认识到自己其实弱爆了，才能认识自己，才能知道自己到底是谁。

我身边有很多人，他们无法接受孤独、无法接受无聊、无法接受失败、无法承认自己，所以他们在人前永远要用各种物质和谎言装饰自己，以为这样便可完美无缺。然而接触久了就会知道，和这样的人相处会有一种不真实感，就像你在接触一个虚的东西，感受到的投映到的都是虚假的，华而不实。而在没有人看得到他们的时候（其实这才是大多数时候，毕竟一个人在人前的时间是有限的），他们空虚寂寞难过又焦虑无比。因为他们永远找不到自己是谁，他们习惯扮演各种角色，到头来只是空壳。所以他们总会突然地感到孤单、感到焦虑、感到迷茫，不管怎么忙碌也填不满内心。

我想，每个人的成长过程都会从小时候觉得自己最独特，到后来开始否定以前的自己。人生大概就是在不停地莫名自信和自卑中摆动，直至找到平衡点。后来发现最好的状态是对世界保持谦卑、对自己保持独立，然后充分认识到自己到底是什么样的人。

孤独或许难熬，但这是我的一部分，我坦然接受。我或许没有太多天分，这也是我的一部分，我也坦然接受。因为接受了这些，我才觉得充实，才觉得自己每天都真真切切地活着。不管是在人前人后，还是挫折不断的时候，我都能保持自我的节奏。

逃避自己的人，最终只能导致自己世界的崩塌，而变得越来越没有安全感。充实只能从内到外，安全感也永远是自己给自己的最可靠。之前我一直很喜欢一句话：没有在深夜痛哭过的人，不足以谈人生。现在我想用我的方式把这句话复述一遍：没有先认识到自己的软弱的人，不足以谈坚强。这种坚强与故作坚强不同，它扎根于大地，不会被风一吹就倒。

一个人在人前怎么糊弄都行，但自己的那关过不了就没有任何意义。逃避得了一时，逃避不了一世，而所谓的成长，就是越来越能接受自己本来的样子，也能更好地和孤单的自己、失落的自己、挫败的自己相处，并且接受他，然后面对他，谁都会有低落的时候，但是不要让他影响你向前就好。

而我大概就是如此笨拙的人。我已经明白我会偶尔停下来，我不是那种可以从头到尾都不需要休息的人，所以有时候我走得会比别人慢一些。很多时候我又太爱和自己较劲，自己不满意的事情哪怕别人看不出来有什么区别，我也会重新去做，偏偏我又没有什么天分。从某种程度上来说我弱爆了，但这正是我的长处，所以我能比别人走得更远些。

一个人最好的模样大概是平静一点儿，坦然接受自己所有的弱点，不再因为别人过得好而焦虑，在没有人看得到你的时候依旧能保持节奏。这样或许会走得很慢，但会走得比谁都坚实，不用害怕一脚踩空，也不用害怕走到别人的轨道上去。

承 认 自 己 的 软 弱 比 故 作 坚 强 有 用 得 多

没有什么能一
下打垮你，
就像没有什么
能一下拯救你

其实每个人都一样，都有自己的野心又都有脆弱的时候。只是有些人在
每个可以选择放弃的节点，都选择前行；在自己的才华还跟不上野心的
时候，他们会静下来努力。我佩服这样的人，我要成为这样的人

2010年大概是我最苦逼的日子。

没有顺利找到房子，就在朋友家铺个睡袋，白天要上课晚上要赶稿。朋友一早就要上班，怕吵醒他们就干脆在图书馆通宵，早上回家睡一上午再爬起来，趁着晚饭的间隙去找房子；去拜访从年前就商谈的出版社，接待我的小姑娘一脸笑容，没多久我就稀里糊涂地走出了写字楼。那时是冬天，阳光却特别暖和。我抬头看那些所谓的写字楼，突然觉得自己又渺小又傻×。

我的朋友不多，但好在个个都是被时间筛选下来的。他们看到我的表情，什么都没说，也不多问。回家以后下了一整锅面，Kim一边下厨一边说："卧槽这八包面是你们欠我的啊，记得下次请回来。"接着包子推荐我一首歌，说我肯定喜欢，然后我就开始无可救药地喜欢上了Coldplay的*Yellow*。

同期准备的雅思，总是有一科不达标。学校布置的课题，我通宵了三天，拿了个倒数第二。当时一起奋斗的小伙伴，开始准备自己的第三本书。其实这都没什么，只是某天我妈给我打了个电话，问我钱够不够用的时候，我的脑袋像被锥子重重扎了一下。

对于我和我身边的小伙伴们来说，挫折什么的其实都不是事。碰到不顺心的时候，竖着中指骂几句就会觉得春暖花开，再不济就是去KTV一起吼动力火车的《当》，再吼几首五月天的歌，没什么过不去的。只是每次想到爸妈，就会心疼，不是心疼自己，也不是怕他们失望，是怕他们心疼我，怕他们担心。

这个冬天，Kim依旧处于失恋中；包子的工作室无人问津，吃了上顿没下顿，唯一的钱是不能动的火车票钱，那是他最后的底线；李婧和她的室友严重不和；而我开始认真考虑"要不然就放弃吧"。我的第一任编辑和我的老爸，也同样和我说过类似的话，一个说我不适合，另一个把我之后的路都规划好了。我开始频繁地对着word两小时只能写出一两句话，对着画板画个半天到最后急躁地开始一股脑儿乱涂，对着单词书发呆一个半小时一个单词都没记住。很多时候走出图书馆，我觉得我的双脚不是我自己的。

然后那个冬天就过去了。

不甘心失败怎么办？不甘心放弃怎么办？失败了怎么办？低落了怎么办？最近这段日子，我常听到有人问我这样的话。老实说，能怎么办？放弃掉一些乐得轻松，而天赋这东西它大多时候无法弥补，就好像我的高中同学，第一次雅思就是8，最近的GMAT又是轻松拿到760分，而他还能在各种活动中游刃有余。有人就是可以同时做好很多你想做的事，有人就是可以在情商上和智商上完爆你，这时候，你怎么办？

怨天尤人吗？满地打滚吗？一盘番茄酱扔在资料上吗？如果满地打滚有用，我可以在地上滚上几百圈。可惜，没用。

我告诉自己，我没办法在很多事情上游刃有余，那我就放弃掉一些不那么重要的东西；我没办法几分钟就背很多单词，那我就花几小时，总是可以的吧？

于是我开始每个礼拜看一本书；于是我开始每天早上起来背单词，逼着自己把自己最讨厌的这件事情做完才能上网；于是我开始每天睡前对着word写点儿有的没的；于是我开始论题要求写一万字我就写两万字然后再删，一遍写不好的，我就写两遍。

有的句子看了就看了，没任何感想，没一点儿用处。有些题做了就做了，考试时也没出现过类似的。但有些句子在某个时刻突然冒出来，那时没明白的突然间明白了，有些感悟有些想法突然间就涌进了脑海里。但有些题目在考试时出现了类似的，直到考完之后才开始庆幸，还好某个夜晚没有偷懒跳过那道题目。

这个世界上，从来就没有所谓的突然。如果不是我每天熬夜，我想你们也不会知道我是谁；如果包子在那个夏天就放弃了，他的工作室也不会像现在这样红火；如果不是我在某个夜里，恰好多做了几道题，我的雅思也不会很顺利地考到了四个8；如果去年12月，我不是每天早上起床就开始看题一直到晚上，我也不会顺利地考完GRE。

每个人都有自己的野心，一定有，但相应地，不是每个人都能意识到实现自己的野心需要付出什么。很多人付出了一些就开始怨天尤人，却从没意识到自己的野心需要更多付出。定位太高而又努力不够，当你的才华还配不上你的野心，就静下来努力，就好好想想你到底花了多少精力在你想做的那件事上。

励志这东西，是有时间期限的。不要期待一个刺激就可以顺利地改变你，一个人的动力归根结底只能来源于自己。你只有换着法子地激励自己，直到它变成你血液的一部分。你只有不停跌倒，才能学会怎样用自己的力量站在大地上。

如今已经两个冬天过去了，我又迎来了一个冬天。我的境地没有比当初好很多，但多少是好了些。没有什么可以一次拯救你，就像没有什么能一次就打倒你，每个人的生活都是一个过程，伴随着漫长的伏笔：所有牛逼后面都是苦逼堆积的高墙，所有苦逼后面都是傻×样的坚持。

至于我，多少比过去强大了些，不管付出的代价我是否愿意。每个人都有自己的野心也都有脆弱的时候，但有些人在每个可以选择放弃的节点，都选择前行。我佩服这样的人，也要成为这样的人，不把自己变得比过去强一点儿怎么对得起经历过的苦逼？

至于未来会怎么样，要用力走下去才知道。

没有什么能一下打垮你，就像没有什么能一下拯救你

🌧 BGM: WANDS《直到世界的尽头》

每 个 人 都 在 等，
每 个 人 都 会 等

那时我常想，那些光芒万丈的人出现在我们生命里然后消失有什么意义。后来我明白，喜欢一个光芒万丈的人一点儿都不可怕，不管遥远不遥远。遇到能让你付出的事物或者人，都是一种运气。能遇到，就该珍惜。在等待的同时，把那些想留下的品质都留下，把自己变成值得等待的人，就不会辜负这段相遇。

两个故事。

2006年，老陈第一次发现自己喜欢上大丁了。

彼时正值德国世界杯，学校在中午时都会组织看《新闻30分》。老陈挑动群众情绪，并且成功挑动班里最高的包子去换台。围观群众那一刻屏住了呼吸，终于成功找到一个比赛重播。顿时班里掌声雷动，欢呼雀跃。然而，这欢欣之情只持续了五分钟。

因为班主任神出鬼没地出现在教室门口。正当老陈准备站起来投案自首时，坐在他前面的大丁站了起来，抢先一步顶了罪。班主任一看是大丁，也没有多说什么。

那时大丁留着长长的头发，她说她已经留了四年。当她坐着的时候，头发可以把她的背都盖住。那时她说她这辈子都不会把这长发剪掉，除非等到自己觉得对的人。

许久以后老陈和我说过，他这辈子只记得两个背影：一个是那年世界杯决赛齐达内和大力神杯擦肩而过的背影，另一个就是那天大丁站在他身前的背影。

他对我说这句话时，是他在大丁的微博上发现了她恋爱的消息。那阵子老陈总是看着大丁的微博主页，她难过他就替她难过，她开心他就替她开心，她恋爱了他就找我吐槽，说这世上还有谁能比自己更了解她、更能照顾她。我当时用力拍了一下他脑袋，说那你他妈的倒是去追啊。

老陈看着我，摇摇头苦笑，把他的微博草稿箱给我看。

我当时就震惊了，因为那里面放满了老陈对大丁要说的所有话，却一条都没有发送出去。

我记得这一年，是2011年。

老陈说他那年高中毕业的时候准备去表白，愣是在她家楼下等了七个小时。后来他才知道大丁住的小区有两个门，偏偏大丁从另一个门回了家。我说："你傻啊，手机是干吗用的！"他说他当时连手机这茬儿都忘了，就在不停地排练要对大丁说的话，就期待着大丁从拐角处出现。那天他拍着自己脑袋，说："真他娘的邪门儿了，你说为什么偏偏那天她要从那个门回家！"

我当然不知道怎么回答他，但我知道老陈和大丁总是在错过。老陈始终别扭，能把所有想说的话存满草稿箱，就是没办法发给她。大丁始终迟钝，她依旧没有明白明明理科最好的老陈会去选文科的原因。有时候我都会觉得，或许大丁是故意的，所以才能做到这样若无其事。

他们从小学时就在一个学校，一直到高中。明明只有几百米，就是没办法常常遇见。好不容易到了一个班，老陈又不知道该怎么开口；好不容易鼓起勇气了，却又没见成。就这么一路错过。

到后来，老陈只能从微博知道大丁零星的消息，而他甚至不敢关注她，那时还没有悄悄关注，他就每次在搜索栏打大丁的昵称。老实说我不知道老陈在别扭些什么，而我想你也知道，每个在恋爱中的人，都是神经病。

同样是2006年，比老陈年轻两岁的余小姐，也在经历她人生中的一次暗恋。

还记得我上次说的那个故事吗？没错儿，就是她。

余小姐在学生时代的暗恋，长达八年。没人知道是什么让她坚持了八年，或许只是因为那天男神送她回家，跟她分享了自己的另一个耳机。那天的余小姐，看着比自己高一头的男神，听着耳机里的《简单爱》，心跳破天荒地漏跳了一拍。

她想在散伙饭上表白，却阴差阳错地把自己灌醉了。男神把她送回家的时候，她爸妈说了男神几句。知道这件事的余小姐，自觉没脸见男神。那个夏天就那么过去了，他们的时机也就那么过去了。

大一大二，每次余小姐想男神的时候，就听周杰伦。周杰伦也一步步变红，那个仿佛只属于他们两人的秘密，被大家所熟知。周杰伦2010年南京演唱会，余小姐鼓起勇气约男神去。本来都说好了，可

是男神还是没能抽出时间。那天余小姐买了张黄牛票，一个人听完了演唱会。整场演唱会她一直恍恍惚惚，她说自己看不清台上的人是谁，能看到的，都是自己的影子。

大三余小姐出国，出国前夜她终于约男神到小区门口。她知道自己还是连一句"我喜欢你"都说不出口，就把要说的话写在了纸条上。偏偏那天风大，字条还没被接稳就被吹走了。那天余小姐和男神找了一个小时，她急得直哭。

这个故事终于在大四毕业的时候迎来了结局。我们迎来了又一次同学聚会，这次男神也在。我和Tim知道余小姐这么多年来一直没能忘记她的男神，因为她中文歌只听杰伦，每张专辑必买，她一难过就会抄《简单爱》的歌词，她走路喜欢站在人左边。

那天她男神一上来就喝了两杯。快散伙的时候，他叫住余小姐，对余小姐说了一句她等了好多年的话："其实，那时候我也喜欢你啊。"如果故事按照这样的节奏发展下去，大概是一段女神等到男神的故事。只是余小姐蒙了一会儿，对男神说："是啊，那时候我可喜欢你了。"

后来我们四个又去唱卡拉OK，她点了《傻笑》这首男女合唱的歌。男神已经很久不听杰伦，男生部分不会唱，她就一个人把这首歌唱完了。到头来，她也没有和她的男神在一起。

那天我把故事写到这里，就结了尾，是因为那时感叹，原来两个彼此喜欢的人真的可以各种阴差阳错地错过。今天想起老陈，突然想到那天我们之后的对话。

唱完歌之后，可能觉得尴尬，男神就先走了。我送余小姐回家，她依旧哼着周杰伦的歌。那时我问她："这么多年的暗恋，这么多年的等待，你觉得值吗？"

她毫不犹豫地说："值。"

和那天老陈回答我的一样。

我曾经不明白，为什么生命中总要出现那些闪闪发光却难以靠近的存在。明明让人靠近不了，却又让人无法抗拒；明明知道她或许没那么好，却又忍不住把自己摆低。你为了那个人做很多以前不会做的事，听他喜欢的歌、看他喜欢的书，到头来，那个人可能已经不喜欢杰伦了、不爱看九把刀了，你却不可救药地喜欢上了杰伦。

直到某天，我自己去看演唱会的时候才明白，有些事情就是值得的。老陈为了大丁念不喜欢的文科，练会了吉他，唱得一首好歌（尽管他没能教会我）；余小姐为了男神喜欢上NBA、喜欢上杰伦，做了很多以前不会做的事。那是因为在大丁和男神的身上，有他们喜欢的东西，有他们想要成为的部分。

就好像你会喜欢一个偶像，多半是因为那个偶像教会了你以前你不懂的道理，而他身上闪闪发光的那些属性是你也想要拥有的。你想要变得更温暖，所以你喜欢温暖的人；你还相信梦想，所以你听关于梦想的歌；你想要变得倔强，所以你喜欢倔强而努力的人。对于偶像最好的支持，不是多狂热，而是让别人知道，支持他们的人也是一群努力的人。

对于曾经爱过的人的最好对待，不是故作遗忘，而是把当时自己学会的品质和自己喜欢的东西保留下来，更好地面对生活，否则那段相遇就失去了意义。

就像我之前在日记里写：要么喜欢一个能带给你力量好像信念一般存在的人，要么找到一个能让你为之努力的梦想。重要的是你会因为这些东西切实地去努力，在跌倒的时候也能找到勇气和力量；重要的是那些会让你真正地行动起来，把你生活的一部分填满。未来会怎样谁都不知道，但总好过每天无所事事。

喜欢一个光芒万丈的人一点儿都不可怕，不管遥远不遥远。遇到能让你付出的事物或者人，都是一种运气。能遇到，就该珍惜。或许你们最终没能在一起，但你都会切实地感受到力量。就像余小姐，没能和那个在她青春里光芒万丈的人在一起，但她终于变成了自己想要的样子。

正因为这样，那段相遇才变得有价值，才没有辜负这世间的每一段相遇。

本来故事到这里就该结束了，可老陈给了我一个大惊喜。

2013年，老陈迎来了自己那段故事的结局。那天我见到了大丁，大丁剪了短发，我差点儿都没认出来。那天她订婚，站在她身旁的人，就是老陈。那阵《咱们结婚吧》刚开始热播，张靓颖唱："终于等到你，还好我没放弃。幸福来得好不容易，才会让人更加珍惜。……在最好的年纪遇到你，才算没有辜负自己。"而老陈站在台上说："还好我把自己变得足够好，好到可以让你看见了。"

如果你想要踏实，你就得踏实；如果你想遇到一个让你欣赏的人，那就得让自己具备被他人欣赏的特质。如果你想要和自己喜欢的人在一起，那就让自己能够和她并肩同行。先变成自己喜欢的自己，再遇见一个无须取悦的人。

有时候，等一点儿也不可怕，老天让你等，是为了让你做更正确的选择，遇到更合适的人。只要你在等的时候把自己变成值得被等待的人，才能被同样在等待的人看到，并且相遇；只要你在等的时候，保持耐心，充实自己，变得比昨天更好，变得可以配得上你想要遇到的人，即使你没有和你刚开始想要在一起的人在一起，你也没有白白辜负这段等待。

关键是你在等待的同时，把自己变得足够好，而不是停在原地，就像想要有灵魂伴侣，那你就得先找到自己的灵魂。

每个人都会等，每个人都在等，有人败给等，有人终于等到。只是不管如何，你得在等待时把自己变成至少自己不讨厌的样子。

我突然想起那天，老陈抽着烟和我说，他这一辈子只记得两个背影：一个是那年世界杯决赛齐达内和大力神杯擦肩而过的背影，另一个就是那天大丁站在他身前的背影。

妈的，傻×你等了这么久终于被你等到，一定要过得让我们这帮兄弟都羡慕。

看到这里的你也是。

每 个 人 都 在 等 ， 每 个 人 都 会 等

☀ BGM: One Republic *Secrets*

每个人都在用力活着，
用他自己的方式

最近的感触就是：每个人都在用力活着，用他自己的方式。或许你很羡慕他的生活状态，又或许你看不到他努力的方式。你无须弄懂他全部的故事，也不要妄加猜测和指责。你只要知道你在努力的同时，有很多人也同样在努力。你永远不是孤身一人。

（一）

我有一个很传奇的室友，他基本不逃课，还能一周打三份工。传奇的地方在于，他其中的一份工作会占据他大量时间，他从下午4点出门，可以一直工作到第二天凌晨4点回来，有时候甚至可以工作十几个小时。在其他空余时间里，他也会去餐厅打工。我一度怀疑我身边的这个人是不是地球人。因为在我看来，地球人是需要一定的睡眠和休息时间的，然而他似乎是个例外。对于他这样的生活作息，我们一堆朋友基本都保持一个态度：太拼命了，这简直是在透支青春，我们都劝他多休息。

后来我们发现，这样的劝阻跟你去劝说一个熬夜好多年的人不要熬夜一样无力。

身边的一个女神，在没有毕业之前一副女强人的态势，考研、社团活动、晚会主持，哪儿都有她的身影。追她的人很多，不乏优秀的，只是她自己说着不想要那么快就稳定下来，然后她却突然结了婚，比我们任何人都早。我们几个聚会的时候，有一次说到曾经她那么拼，现在放弃了那些重新生活会不会觉得可惜。她说了一句很玄乎的话："其实这就是属于我的人生，度过一个很苦逼很奋斗的青春，然后突然发现了自己真正想要的。如果我那时候没那么过，或许我也不会知道我想要什么。"

Tim前两天在凌晨4点给我发来微信，因为时差，他那儿已经是早上7点。他跟我说起自己最近的苦逼，设计遇到神甲方，让他一改再改，连上今天他已经好几天没有好好睡觉了。屏幕另一边的我突然很想说，如果他想要的东西少一点儿，是不是就不会这么累？

然而我忍住了，因为对于他来说，他现在的状态就是他的生活方式，他自己一定有自己的想法，我没理由也没必要去说什么。

（二）

我突然想，我们所谓的存在的方式到底是个什么样的东西。

到了某个时刻——对于我们中的大多数，也许现在就是这个时刻，会发现生命中的人都开始有了各自的轨迹。有的突然结了婚；有的读起了博士；有的进了银行，开始在微博上吐槽起自己的职场生活；有的则依旧在旅行。学会计的最后做起了生意，学管理的最后进了银行，说着不想结婚的人第一个结了婚。

他们都是我很要好的朋友，然而我们都有不同的生活方式。比如我从来做不到为了赚钱那么拼命，我也不想早早结婚。也许我唯一能做到的，就是和我的好友一样，通宵改方案，连着几天几夜看日出。曾经，我们都是一起上课一起下课，一起在同一个地方生活，至少保持着相似的生活频率，然而最后我们都走向了各自的生活轨迹。

而我在进入自己的间隔年之后，每天早上9点多起床，每天凌晨3点多睡觉，有着不算规律的睡眠时间。每周都会抽几个下午看书，看到不想看为止。有时候会忘记吃饭，有时候看一小时就看不下去。睡觉前对着word发呆两小时，写得出来最好，写不出来也是常态。没有四处旅行，没有拍漂亮的风景，这跟我以前向往的间隔年截然不同。

在这么度过一两个月以后，我开始觉得，或许这才是我想要的间隔年，不需要像赶集似的旅行，不需要违心地工作，就这样就好。

我曾经也因为朋友有比我更好的工作、更好的生活而苦恼不已。我曾经也因为他人生活中闪闪发光的那些而迷失了自己想要的。现在的我觉得，其实没有必要羡慕他们。因为他们有他们想要的，我有我自己想要的。总有人比我工资高，总有人比我去的地方多，总有人过得比我光鲜，这些都和我没关系。能知道自己想要的不容易，没必要为了那些所谓的标签改变自己。

在和好友聊未来会去往什么地方的时候，我突然得出一个结论，也许对于现在的我们来说，不管去什么地方，都会有点儿虚，生活在哪里都一样。

关键是如何生活。

（三）

在微博里我说："愿赌服输是世界上最美好的字眼之一。首先你会遇到一样你会去赌的东西，然后你会付出努力并且输了也会心甘情愿。有人过得好有人过得坏，每个人都有自己的人生哲理，每个人都有自己的选择，我们总是在犹豫徘徊，却忘了能拥有让自己去赌、去追寻的东西，本身就很不可思议了。"

我以前没有听懂女神的话，现在的我也许明白了：当你回头看的时候，你会发现一切都有迹可循。

为毛苦逼？为毛会走上现在这条路？你对着镜子问问自己，你会发现你现在的境遇从某种程度上来说，都是自己选的。即使现在的生活看起来和你想要的千差万别，你也会发现你自己的因素占了绝大部分。

既然是自己选的，就不要抱怨，有的时候一条路开始了就不能回头，也不要回头。不为了别的，只因为既然在开始时你有勇气选择，就要有本事自己承担起后果。

我们都在按自己的方式活着，也许看起来很有意义，也许看起来毫无意义；也许看起来过得很安稳，也许看起来过得不靠谱儿；也许你和我一样写着没人看的书，去没人知道的地方；也许你在喜欢一个不可能在一起的人，为了他做很多别人看起来不值得的事；也许你因为喜欢旅行而被别人贴上富二代的标签，也许你因为感情而放弃工作被别人贴上傻×的标签；然而这都是我们自己的生活方式，你已经为了它去赌了，你已经为了你想要的生活去赌了，就不要再去打听这条路会走多久了，更不要在乎别人给你贴的标签是什么。

我们的生活标签是什么？我们所谓的存在方式是什么？你自己去定义。你知道，来到这个世界上，你就没办法活着回去。你和别人的不同，就在于你怎么活。没错儿，你身上一定有能让你发光的东西，那是你自己的节奏，那是你与众不同的东西。那是你的路，你必须自己走，才能找到出口。

当你下决心去做一件事，那就去做。或许这件事无法带来什么回报，但我依旧希望你认真去做，因为在过程中你会逐渐认识到你是谁。给自己定个期限，学会捂上自己的耳朵，不去听那些熙熙攘攘的声音。在这期限内，请不要犹豫，那只会浪费你的时间，do what you love and fuck the rest①，直到你放弃为止。

直到你明白自己想要的是什么为止。

写给一直坚持早起去图书馆背书却被别人嘲笑的你，写给没有好好学习而在别的方面做出成绩却被人误解的你，写给每个在深更半夜还在为了自己想要的生活而努力的人。

---

①做你喜欢的事，不要理会其它。

每个人都在用力活着，用他自己的方式

你 一 无 所 有，
你 拥 有 一 切

20岁出头可能是最苦逼的日子：你离开学校，脱下学生服，身边朋友慢慢远离，建立一个不喜欢的交际圈，在现实和梦想的交际中逐渐消失存在感。人生不是一条平坦的大道，而是一个不断修正的过程。不知道自己想要什么没关系，一定要牢记自己不想要什么。

这时的你除了手头的青春以外什么都没有，但就是手头的这些可以决定你会变成什么样的人。

（一）嘴上说说的人生

2009年我在离家的时候一个劲儿地往自己的硬盘里塞《灌篮高手》和《数码宝贝》，我妈一副嗤之以鼻的表情看着我，似乎在说："这么大的人了居然还这么喜欢看动漫。"

我不知道怎么回应她，只好耸耸肩，因为我实在无法对我亲爱的娘亲说明这些动漫对我的意义。

你知道，有些歌、有些东西就是有那种力量。哪怕它在你的手机里藏了好几年，哪怕它早就过了黄金期，哪怕越来越少的人会提起它。你就是知道，当你一听到这首歌的时候，当你一看到那些漫画的时候，你就会想到以前的自己，你就会获得莫名的力量。这种力量能够让你感受到自己的节奏，让你以跟世界不同的方式独自运转着，你能听到自己。

大概曾经的自己和回忆总要依附在某些东西上，从而导致这些东西对于你而言意义非凡。

在记忆里最让你印象深刻的，一定是当年的你自己。因为只有在这个时候才发现，在你嚷嚷着"时间变化太快"的同时，在那些所谓的物是人非里，变化最多的人是你自己。我不知道什么样的人生是最可怕的，但是我知道当你有一天回头看，发现你曾经所说的一切、曾经信誓旦旦的一切变成说说而已的时候，一定不会好受到哪里去。

好像人一长大，就会把很多东西弄丢，比如那些简单却能让自己充实开心一天的东西，比如让自己肆意哭和笑的能力，还有那些曾经一起结伴同行的人。最可怕的不是弄丢了这些东西，而是你变得心安理得。你开始安慰自己，这就是成长，这就是我们最终会变成的样子。你只是找了个借口继续这样的生活，对以前的自己嗤之以鼻。

只是每当你听到以前的歌的时候，或者你看到某个人在他自己的道路上坚持下去的时候，你都会像被自己扇了一个大嘴巴。

看着别人的努力羡慕一下然后转身回去过自己的生活的你，又凭什么去过自己想要的人生？

（二）努力，是为了给自己交代

曾经为了商谈项目跟包子去北京，对方是一个标准的80后，有点儿小胖，特爱贫，北漂。这是他漂着的第三年，伴随着他一直没有改变的直爽性格。这是他第三年换的第三份工作，一直没有安稳过。他说起最近的感悟："这些年我看过很多人，有些人不用做什么就可以有很好的前景，有些人拼死拼活还是没有办法在这个城市里生存。"

在沪江上认识的一个小姑娘，她曾经差点儿为了她的男朋友去国外陪读一年，可是后来他们偏偏分手了。后来她决定一个人去上海，最苦逼的时候连饭都没的吃，就拿着几个包子躲在地铁站里，不知道去哪里。如今她在上海找到了工作，租了个房子，终于可以自己负担生活了。

曾经我总是无法理解，明明回到爸妈身边工作更好，也可以陪在爸妈身边，何必在大城市里摸爬滚打，还得不到很好的结果。就像我曾经写过的那个在动车里哭泣的姑娘，到最后没办法了只能回家。那时我不明白，既然到最后还是得回家，当初又何必出走？直到某天我自己面临选择时，我才明白他们做决定时的心情。

其实每个人都不傻，大多数人对接下来会遇到的困难心知肚明，只是有些路哪怕是布满荆棘，你也会选择走。你知道自己可能不会被理解也不会被期待，甚至可能失败，但你依旧会去做。有时候你需要的只是再坚持一下，而选择放弃对于内心有期待的人来说，从来都不是一件简单的事情。他们要过的，从来都只是自己心里的那道坎儿。

那个北漂着的哥们儿说过，哪怕自己奋斗了一辈子也是个屌丝，那么至少这样子自己不会再有借口了，不会在老的时候悔不该当初。"你说值得吗？我觉得值得。虽然我直来直往的性格给自己带来很多麻烦，但这就是我。"

小时候的我总嚷嚷着，努力是为了改变世界，然而现在我会觉得，有些人努力只是为了变成普通人，有些人努力只是为了给自己交代，有些人努力只是为了有所选择，而大多数人的努力是改变不了世界的，但至少可以不让自己被世界改变，至少不那么快就缴械投降。

也许我们始终都只是小人物，但这并不妨碍我们选择用什么样的方式活下去。窃以为，那些在看透了生活的无奈之后，还是选择不敷衍、不抱怨、不自卑，依旧热爱生活、依旧努力做好身边的事的人，努力便是他们对自己的交代。

就像我曾经跟李婧说起未来的生活，说着自己去大城市还是留下来。后来我们一致觉得，其实无论在哪个城市存活都不容易，生活的琐碎在哪里都要面对，你总会遇到麻烦。

但无论过成什么样子，都要自己承担得起。

（三）只有行动，才能解除你所有的不安

你说你想要当自由撰稿人，可从不见你努力写稿；你说你想考研，可从不见你背单词做题；你看到学霸时嗤之以鼻说这样活着没意思，你看到有人旅行又不屑一顾说这只是随大溜。我开始怀疑你挂在嘴边的是不是逃避现实的借口，我开始怀疑你是不是在一遍遍的逃避和自我安慰中变得惴惴不安。

于是你慢慢屈服于自己的欲望。明明在几年以后能有更好的生活，却一定要在现在买最新的包。每个人都开始想要拥有一定的社会地位和物质条件，似乎结果才是最重要的。然而，你有没有想过，你所谓的所有努力，是为了满足你的欲望还是真的追求上进？就像汪峰的歌里面说的："多少人走着却困在原地，多少人活着却如同死

去，多少人爱着却好似分离，多少人笑着却满含泪滴。"

终于有一天，你发现你取得了当时所要的结果，可是在那之后，却再也不知道怎么继续了。

20岁出头的时候，请把自己摆在20岁出头的位置上。你没有理由也没有能力去拥有一个40岁的人拥有的阅历和财富，你除了手头的青春，一无所有，但就是你手头这为数不多的东西，能决定你是什么样的人。

我不知道这个世界上是不是真的有所谓的安全感，还是因为每个人都说自己没有安全感，所以你也觉得自己没有安全感。我对安全感的定义只有两个：一是别人给你的能量总有一天会消失，只有自己给自己的安全感最可靠，只有行动才会给你带来；二是永远要记得，不管你是什么样的德行，你都是你父母的安全感。

所以当你觉得不安的时候，请想一想身后的父母，想想他们正在为你打拼；请想一想自己的初衷，然后抬起头继续倔强地走下去。

唯有行动，才能解除你所有的不安。

（四）有梦想，不抱怨

你知道，时间一天天过去，我们终会因我们的努力或堕落变得丰富或苍白。

我刚开始坚持看书的时候，压根儿没深想这件事对我来说会有什么意义，后来慢慢地开始明白，看书也好不看书也好，生活都在过。只是这件事情让我觉得充实，让我觉得没有浪费时间，那便足够了。

为什么我们一再经受打击还要继续向前走？为什么明明很失望了也不愿意放弃一个人和一个理想？

所有人还坚持向前走着，只是因为他想要向前走着，只是因为他还不愿意向世界投降。也许没有人跟你完全一样，也没有人可以时时刻刻地陪在你身边。也许我们很久以后回过头来看，会连现在珍惜的人的样貌都记不清。可是我最大的幸运却是，即便如此，还是有人愿意在有限的时间里用心地陪我走过这一段，愿意跟我一起为了梦想努力，经历那些孤单流离。

这样一想，人生也还真是不错呢。

虽然不常听汪峰，但依旧记得他有这么一句歌词："是否找个理由随波逐流，或是勇敢前行挣脱牢笼？"我想，你知道答案。

你现在一无所有，但你却拥有一切，因为你还有牛逼的梦想。只要路是自己选的，就不怕走远，生活总会留点儿什么给对它抱有信心的人的。

你 一 无 所 有 . 你 拥 有 一 切

/

BGM:　Coldplay *Paradise*

所 谓 的 未 来 ，
只 剩 下 现 在

末日又迟到，我们又过了一年。这一年你失去一些，也得到一些。你和
一些人失去联系，好在身边还有好友。你时而悲观时而乐观，但大多能
平静对待。你觉得这一年发生了很多事，却无法回忆成完整的画面。末
日之后我们又过了完整的一年，有好有坏，但无论如何，我都知道我已
经站在了分岔口。所谓的未来，只剩下现在。

仅以这么一句话作为我这篇回顾2013文章的开头。去年这时，我照例写着一篇总结，大概我太明白自己的忘性大于记性，有些事情不写下来，就会忘记。就像我已经不太记得2012年发生的事情，如果不仔细回想，很多事情都是一片模糊。明明那时对自己说，要把这些牛逼的、苦逼的、开心的、操蛋的事情记住，到头来记得的倒是一些当时没在意的事情。

记忆会骗人，所以我才会借助文字、借助音乐。

2013年我感受得最多的，就是分道扬镳。尽管在几年前我就开始体会到身边的朋友开始做减法，但从来没有像今年这样感同身受。就像我在6月写的《总之，有些人后来真的再也没见过》一样，有些人就真的再也没见过。

分道扬镳或者分岔口这回事儿，无法避免，而且让人措手不及。我自己也是如此，以前碰到朋友的朋友或者新认识了朋友，可以聊得天花乱坠，只觉相见恨晚。如今我和那些玩伴之间的联系越来越少，小伙伴们逐渐变少，直至形成了固定的朋友圈。我知道这个朋友圈里还会有增减，但我确信我身边的小伙伴不会有大的改变。

这一年我比以往的任何一年都想要依靠自己，能不麻烦爸妈的事就不麻烦爸妈。诉苦前所未有地少，倾诉或许是个好办法，但不能总把自己的负面情绪传染他人，不让人操心才最靠谱儿。所以每当我把一件事情搞砸，不得不让爸妈帮忙或者让他们知道的时候，我不会觉得挫败，也不会很担心自己，就是觉得对不起爸妈，怕他们操心。

这一年我或许踏入了一个无比尴尬的年纪。我们想要依靠自己却发现自己靠不住，我们想要做自己却还没发现自己是谁，我们安慰自己还小，却又明白我们已经无法活在象牙塔里——那是比你小很多的人的权利。而如今，你愿意也好不愿意也好，你都被时间推了出来。外面不像你想象的那么好，风雨都要自己挡；但每次你觉得世界糟透的时候，它又雨停出太阳，让你觉得总还能过下去。

真实的世界，狡猾透了。所以你得和之前的那个自己告别，拒绝也好拖延也罢，你都要学会和那个自己告别。

同样地，这一年我也遇到了很多人，在南京、在上海、在哈尔滨、在北京、在墨尔本、在堪培拉，在每个我走过的地方。我的厨艺总算有所长进，我搬家搬得越发游刃有余，我的熬夜依旧没救。住我隔壁的哥们儿，养了一棵仙人掌，每天天不亮就起来跑步，我总能遇到他；Kim今年生了一场大病，学业都差点儿终止，但他依旧每天画画，尽管这些画大多永远不会出现在我们面前；包子如火如荼地拍了自己的第五部微电影，我依旧看不懂他想表达的东西，但我想我能弄懂他这个人就好，我由衷地替他感到开心。

在失落的时候，是我的这些好友用自己的行动告诉我：坚持是有意义的。

我遇到的每个人，他们都有自己的想法，也在用自己的方法活着。每个人似乎都在等着一些什么，可能等着一个人，可能等着出头的那天，可能等时间让自己改变。

这世上有太多故事，每个故事都有不同章节，或苦逼或幸运，或无聊或热烈，总有一个是你的。每个人都在等着给自己的这一章节结尾，却没明白写故事的人，始终是他们自己。

等其实没什么，就像你等新的一年到来，它迟早会到来；等其实很糟糕，就像你等来了新的一年，却发现自己还是那么糟。从来没有什么可以把你变得焕然一新，站在原地的人，哪怕是新年的每一天都是之前的重演；如果你想要改变一些，那么每天的开始都等于新的一年。等待的价值，就是让自己变成值得被等待的人；等待的同时，你总得向前走。

前年的今天我无比迷茫，不知道接下来该做什么，不知道冬天能不能过去；去年的今天我刚起步，面对突如其来的压力不知道怎么适应；如今又是一年，世界依然不会末日，它勃勃生机却又奄奄一息，而我们终究活着。追逐梦想就像走钢索，你不知道自己什么时候会掉下去，你必须非常努力，才能保持平衡。

这一年我发了新书，也开始做讲座。我终于见到了你们，见到了很多陌生的脸孔。我从没想过自己可以去往这么多地方，面对面地和你们说话，说自己的生活、说自己的感悟，像朋友一样聊天，对你们诉说我的感谢。很多人都从别的地方赶来，和我说着那些日子他们的生活。我听了很多感谢，站在台上的我，心里不知道该怎么说感激。所以，就当我们之间的感谢互相抵消了，陪伴这事，就是互相的。

新的一年，我不再期待什么好运气，因为我知道生活其实都一样。糟糕的依旧糟糕，重要的是你怎么度过这些糟糕的时刻。我知道自己走在一条对的路上，这是我用太多次跌倒和舍弃换来的坚定。我不知道自己的终点在哪里，但我决定把我之前所有的半途而废都用在这条路上，一路摸黑到底。

你不知道前面有什么等着你，可你必须往前走。即使迷茫，时间依旧拖着你。所以我不在意前面到底是什么等着我，我更在意身边是谁陪着我，而我比过去前进了多少。不悲观也不乐观，如果前面平坦就大步向前走，如果前面是堵墙那就把它砸出个口来。

世上所有任性的资格，都是留给那些展现出决心的人的。

今年的我不再害怕质疑，也不再担心什么，我所有的努力，不是为了别的，只是为了在未来的几年后，我可以笑着说，我好歹也努力过，没直接放弃。

如果我真的走了很远，我想我能够对自己，也对你们说一句："你看你做到了，我们一起做到了。世上就是有一群不懂得放弃的傻×，他们跌跌撞撞向前走，然而也是这群人，最终成了他们想要的样子。"

总有一天，我们会见面，天知道是在哪里。到了那天，我们都要能够用自己的力量平稳地站在大地上，这是我们约好的，你可别输了。

新年愿望，如果真的有用的话，那便是：希望你想下楼的时候，电梯就停在门口；希望你肚子饿的时候，打开冰箱就有吃的；希望下雨的时候，你的包里准备着伞；希望你难过时可以有首歌给你安慰；希望那个你可以分享秘密的人，也是能够安慰你的人。

所 谓 的 未 来 , 只 剩 下 现 在

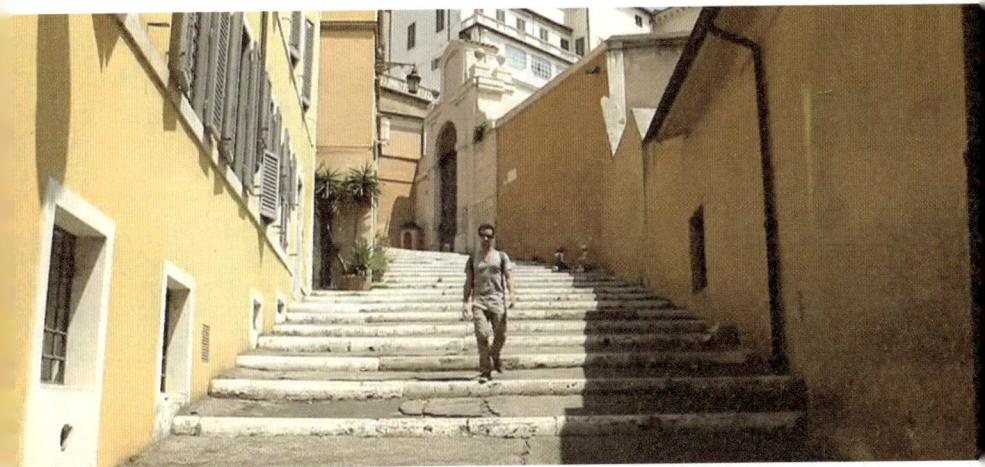

🌧 BGM: 戴爱玲 *Gentleman* （feat. 刘伟德）

行　动　力

没有行动力的计划还不如没有计划，没有行动力的想法等于没想法。不要纠结，不要犹豫，想到什么就去做。不要拖延，今天能做的事情就放在今天去做。捂住你的耳朵，专注于面前的事，不要受干扰，不要想结果。

不知道大家身边有没有这样一个例子。

某人，暂时称他为A君。A君是一个很忙碌的人，他上网下载了新浪里的公开课，以及优酷上那些颇受好评的演讲稿，隔三岔五就去书店搜刮有关考研的资料，就连单词书也买了好几本。

然后他开始计划，计划要每天背上100个单词、每天看一堂公开课、每周看一场演讲，为此他做好了万全的准备，然而等到要实施计划的时候，突然他朋友来了个电话，于是他修改了计划，跟朋友出去吃饭，今天缺失的就由明天补上。没过多少天，他又因为一些事情打乱了自己的计划，把那天的任务再次挪到了第二天。

所以你说他努力了吗？他努力了，因为他至少看完了几堂公开课、背了几天单词。但是他有什么成果吗？未必。

接下来没多久，他放弃了计划。可问题在于，他觉得自己没做错什么，他确实是想要改变自己，也切实地想要背单词。事实是他也背了，公开课也开始看了，但是他就是觉得任务越堆越多、单词越背越难，变成了不可能完成的任务。

更要命的是他开始焦虑、开始抱怨，他觉得自己明明付出努力了，还费那么大劲准备了计划，他开始觉得不公平，为什么别人能背完的单词自己却背不完？

买了书翻了翻就再也没看；下载的参考资料只是摆摆样子；去图书馆玩会儿手机、发发呆，回家后假装自己学习了。最大的误区就是以为收集整理翻一翻就等于学习了，这和投入地做一件事完全是两码事。所以不要总抱怨自己花了时间为什么没效果，认真想想自己到底花了多少精力在这件事本身。

没有行动力的计划只会毁了你，因为它让你觉得自己已经有所行动了。它会让你觉得能静心列下计划的你，已经比很多人都接近了一步。其实不然，列下计划而没有实施的你，只是个伪理想主义者而已。

其实不受干扰特别简单，关掉你的手机，选择一首你喜欢的歌，深吸一口气，把你自己投身到要做的事情里。

再举一个例子——B姑娘。

她想要去旅行，每次她看到朋友上传的旅行照片都会羡慕不已，毫不掩饰对旅行的向往。于是她开始幻想着将来有空了要去哪里，先去三亚，再去鼓浪屿，如果能去下马尔代夫那再好不过了。为此她还像煞有介事地上网查阅了各种资料，可很多天过去了，她还是哪儿也没去。

她总是羡慕别人的生活，却没想到自己和那些人之前相差的，只有实际去做这一点。我们总是把梦想留在未来，把旅行留在下次，把想做的事情留在以后。然后在本该是未来的那个时间点，你突然被"没时间"打败了，所说的未来还是变成了说说而已，所有的借口不过是你给拖延和懒惰找的理由。

只要有浪费时间这回事儿，你就只能是浪费自己。哪有那么多未来等着你？你只有现在了。

生活的可怕之处就是在这里，有些人可以安于现在的生活，不自卑不敷衍，也能够很淡然地生活下去；有些人想要去远方，想要活得精彩，不疯魔不成活，虽然累倒也活得轰轰烈烈。可尴尬就尴尬在你活在另一种生活里——不上不下的生活。

不上不下的生活，就是你明明想要改变自己，却觉得自己像被卡住了一般，明明付出了努力，却不知道付出的努力到哪里去了。你不安心这么生活下去，却又没有动力改变现状。

你想要看几本书，让我推荐一下，我给你列了份书单，没过多久你又跟我说这些书实在太枯燥又冗长，全部看完太消耗时间，还不如看网上小说；你说你想去旅行，到处搜集旅行的资料，可你又说没订到票，又实在抽不开时间；你说你的梦想是出本书，发来几千字让我给些意见，可没多久你又说没灵感又太累了，还是算了……好吧，你说你没时间看书，那你每天睡前玩手机的时间为什么不能用来看书呢？你说还不如看网络小说，但网络小说动辄几十万字，你又哪儿来的时间看呢？你说你没有订到票，那你之前在计划的时候为什么不马上行动呢？你说你想写书，可是又不愿意下笔，那又能怎么办呢？

人就是这样，眼前的利益实在太诱人，导致他们忽略了长远的未来。所以他们才会为了一个眼前的人而义无反顾，却无法为了说不清道不明的未来而万死不辞。好比上面说你听了一个励志的演讲，觉得慷慨激昂，立马拿出单词书来背，还立下毒誓每天背100个单词，可是怎么也没能坚持下来。

在你抱怨的同时，你有没有想过，你为什么不行动？或者说你明明已经有了很好的计划，为什么不按照计划一步步地来？每当看到有人私信问我，怎么样才能更快地成功、哪条路才是更好的，我都会说根本没有所谓的成功，根本没有更好的路。

根本没有所谓的成功。现在成功的衡量标准是有车有房有钱，没车房没钱的人就是失败者，总有人告诉你电视上的某A才是成功的，对此我的看法是：如果你想做这样的人，那无可厚非，因为他也是他那个领域的佼佼者，如果你想做这些，那很好；但如果你对于这些有天生的抗拒感，那不妨做另一个选择，试着去做一些其他的事。

很多人认为最后甘于平淡接受现实是对梦想的背叛，或者他们认为既然实现不了梦想，根本不用费那么大气力，还不如早早认命。其实不然，最好的生活状态莫过于，你在你的青春年纪傻×地为了理想坚持过，最后回归平淡，用现实的方法让自己生活下去。能实现梦想自然最好，但没能实现梦想也没有什么可惜的。

梦想本就不是那么容易实现的，终极目标永远只有少数人能够实现，但是你还是应该为了理想努力一回，努力到自己问心无愧为止。因为只有这样，你在接下来的生活里才能够得到比成功更重要的东西，即内心的丰富，那是你一次次跌倒所累积的面对未来的资本。

根本没有更好的路，你目前列出的计划，就是你的计划，就是你应该去实施的东西。你可以进行补充，但不要随意进行任务和时间的改动。凡是被改动的计划，或多或少都会丧失执行力和它原本的意义。计划本就是用来督促你的东西，你却一而再、再而三地把它改变，那这样又有什么意义？

不要害怕将来还有一条更好的路，而现在选择了这条路就浪费了时间，因为没有更好的路。你要走的路，你终究是要走的，哪怕它真的是条大弯路，那也是属于你的路，你也能看到属于你的风景，更何况，一条路，如果能够坚持走下去，你又何愁不会丰富多彩？

所以，请行动起来，如果你手头恰好已经有了计划，就按照计划去做吧。建立信心的最好办法，就是去做让你觉得头疼的事。

如果你手头没有计划，那不如不计划，旅行有几个想去的地方固然好，但看几片不知道名字的风景也未尝不可。想去哪里旅行，就去吧；想去疯，就去疯吧，不要因为担心太多而束缚了自己，最后散心的目的没达成，学习的目标也没达到，更不要为了别人的眼光改变自己。

很多人都对你说你要去做自己喜欢的事，你应该把你30岁、40岁之前要做的事都列出来，可是哪有那么容易一下子就能找到自己想做的事？所以当你下定不了决心去旅行或考研，或者在很多选择中徘徊的时候，那就把眼前的事情做好吧。

在做决定之后，就给自己一个时间期限。这段时间内，把你的纠结和不安都扔掉，把你的半途而废丢在过去，把你的抱怨和难过都吞在肚子里。在这段时间里，你必须和过去的你告别，打败那个懒惰赖床的你，打败那个行动永远跟不上想法的你。至于期限有多长，我想你比谁都清楚。

谁都不知道明天会发生什么，但只有行动才能决定下一秒你的未来。

行　动　力

漂 泊 的 意 义

你想爬到山顶，必定得付出辛苦；你想早点儿回家，必定要提早赶路；你有你的野心，必定伴随苦逼。仔细想想就会明白，很多苦逼从你一开始做选择、做决定时就注定了会发生。所以既然决定是你自己做的，就要承担后果。任何得到都有代价，任何野心的实现都需点滴的积累。你想看到更多，就得爬到高处。

上个周末和Karen外加几个小伙伴一起聊天。

现阶段朋友相聚，聊天总会聊到对未来的打算、对于工作、对于去哪里生活。小伙伴们有的纠结，有的坚定，有的还没考虑好，有的已经着手准备。

留在这里好像有点儿无聊，毕竟不是属于自己的城市，哪怕有了自己的房子、工作，也比不上在家乡，朋友都知根知底，父母也在身旁；回家又觉得不甘心，出来学习闯荡这么多年，也没个交代就这么回去了，总觉得这些时间像是浪费了。

那我们出来闯荡一圈的意义又何在呢？

我的好基友今年已经快30岁了，在人生的跨度里来看他还很年轻，但当我们得知他决定把工作辞了、把一切推倒回去重来的时候，我们还是惊讶不已。他有稳定的工作，收入不菲，在这里已经十年，也有了很好的朋友。我们不解，问他就这么回去，那这么多年的漂泊不就浪费了吗？

他说了个渔夫和富翁的故事。大意是富翁决定放弃自己的财产回到渔村生活，有一天从小就生活在渔村的渔夫看到富翁，笑他出去那么久、那么辛苦又能怎么样，最后不还是和他一样在海边捕鱼。富翁笑着说，你是一辈子只能在这里，而我是选择回到这里。

你是have to be here^①，而我是choose to be here^②。

当你没有能力去看到很多东西的时候，当你只能喝白开水的时候，你会说白开水好喝，是因为你没有喝过其他东西；当你出去转了一圈，可以喝到更好的东西，喝完可乐、红酒之后说自己喜欢白开水，那表明你真的喜欢白开水。

你爬得高、走得远，不是为了被世界看到，而是看到整个世界。看得多了，也就知道怎么选了；走得远了，也就知道自己要的是什么了。漂泊的意义，大致就是为了有所选择。

而了解自己这件事，比什么都重要。

所以我的好基友毅然决然地把工作辞了，他有底气说接下来的生活他能承担住，因为这是他自己做的选择。选择这东西，一旦是自己做的，那便会有无穷尽的力量。只要是自己做的，那就不会去抱怨，也不会有不甘心。

只要是自己做的，只要是为了自己，就能承担得起所有后果。

前阵子我见到他，他多少憔悴了些，但是他和我说起接下来要做的

---

① 不得不在这里。
② 选择在这里。

事情，我可以清晰地感受到他两眼的光芒。我想他的选择终究是正确的，因为我从未看到他这么开心过。

看到他的时候我就明白了，我们漂泊、我们努力，就是因为我们想去看看世界，就是因为我们想了解自己。

曾经同为留学生的M问我，每次在机场感触最深的是什么。我回答说是离别吧，机场除了离别还能意味着什么？他摇摇头说，最让他触动的是，无论那个人之前生活得如何，他是懦弱还是坚强，在离开的那一刻，哪怕是泪流满面了，他也绝不会回头。

其实这样做的，何止是留学生，每个离家选择漂泊的人，都是如此。

有人选择留下，那是他最后自己做的选择，尽管辛苦，但他明白那是自己想要的，所以心甘情愿。有人选择回到原点，在别人看来，他们的漂泊就是无用功，只是徒劳。然后只有漂泊过的人才会明白，漂泊到底给他们带来了什么。

我们会接受苦逼，是因为我们的野心。我们不甘心，我们想看世界，我们想要自己的生活更丰富多彩，所以我们远离家乡，甚至远离从头开始。承认吧，你的心里总有那些躁动，促使你出门远行，促使你追寻自己的梦想。尽管前面的路曲折无比，你也会选择往前走。

我想，无论我将来会选择回家，还是留在陌生的城市，我都确定自己可以用自己的力量生活下去。无关境遇好坏，只因为这些年一个人的生活让我有了即使把我丢去非洲我也不会饿死的自信。

或许有一天我会和我的好基友一样，突然明白那个自己一直在追寻的东西到底是什么。我想这就是漂泊的意义，如果不是出去绕了一圈，我们永远不会知道什么对自己是最重要的，我们永远不会知道所谓的原点是什么。

也许你现在和我一样独自在陌生的城市，甚至陌生的国家，一年中回家的时间屈指可数，陪伴爸妈的时间更少。也许你也在纠结未来去哪里，想着这么多年的漂泊和努力对自己的意义是什么。我想你也一定和我一样，渐渐开始变得从容和坦然，对于生活的困难能够更理智地看待，对自己也有了更多理解。

这样的东西会跟随着你，无论你去哪里，那都是属于你自己的力量。

每个人的生活，便都是这样的过程，不尽相同又多少相似。我们都在漂泊的时候犹豫过，我们都为了一些而放弃了另一些。而正因为我们放弃的这些东西，才让我们明白现在拥有的有多可贵。

走上去，去你想去的地方；爬上去，去你想要的高处。看得远了，也就平和了；看得多了，也就知道如何选了。

我想这就是漂泊的意义。

漂　泊　的　意　义

/

关于
友情

卢思浩说：

愿 有 人 陪 你 颠 沛 流 离

有些友情是不会被时间打败的妖孽，但即
便如此我们都不再像从前一样能时刻陪伴
时常联系。惟愿你过得好，像你照片一样
好；愿你能顺利，像你当时憧憬的那般；
愿有人陪你颠沛，像你一直等待的那样。
来日相聚，再把当时的傻逼事儿和回忆
下酒。

大 概 因 为 他 们
陪 了 我 很 多 年 吧

你会喜欢一个偶像，多半是他教会了你以前不懂的道理，而他发光的那些属性是你也想拥有的。你想要变温暖，所以你喜欢温暖的人；你还相信梦想，所以你听关于梦想的歌；你想倔强，所以你喜欢倔强而努力的人。最好的支持，不是多狂热，而是把喜欢的品质保留下来，让别人知道，支持他们的人，是一群努力的人。

L君在他高一时树立了自己的伟大理想，那就是毕业之后要在班里弹吉他给女神听。这起源于他偶然间听到女神说起她觉得弹吉他的男生最帅，从此L君为了在女神面前装×，一头扎进了不归路。

那时他跑了半个城市，对他爸妈软磨硬泡了一个多月，终于弄到了一把吉他，为了成为可以在毕业时约女神出来弹吉他唱歌给她听的拉风少年，L君忽略了自己唱歌每次都跑调的铁一般的事实，开始学起吉他。

于是他用两年的时间认识到了——"音痴就是音痴，0的天赋乘以100的努力还是0。"

高一时女神就喜欢一支乐队，动不动就念叨。这支乐队名字特别奇怪，叫五月天，L君甚至认真思考了一下为什么这支乐队不能叫十二月天。大概是因为这样会让他想到十二指肠，L君决定放弃思考。隔天他招来了最好的三个小伙伴，组成了一支乐队，叫Friday。这支乐队是一支没有原创、没有乐器，除了一把吉他，而主唱是个音痴的无厘头乐队，并且这支乐队的宗旨只有一个——帮助主唱练好吉他。

转眼高二分班，L君深思熟虑后选了理科，而女神选择了文科。于是他们俩一个在四楼上课，一个在一楼。L君为了解决相思之苦，想到了一个办法。那就是每天语文课之前假装自己没带语文书，宁可跑四层楼去问女神借书。不知道是女神太善良还是懒得拆穿，L君的这招整整奏效了一学期。

在每天两次的固定互动中，L君终于达成了和女神互相写纸条的目的，也为了能和女神有更多的共同语言，L君开始恶补有关五月天的知识。那时候电视台刚播五月天的歌，是《恒星的恒心》，还有《倔强》。有一天女神考试没考好，L君把《倔强》的歌词抄满了整张纸条。女神后来特别郑重地回字条给L君："谢谢你也听到了这首歌。"L君莫名地为了这句话开心了一个晚自习。

高三毕业的夏天，L君终于鼓起勇气约女神。那天下午，L君背着吉他赶去学校，觉得自己真是他妈的拉风。可是他和他的Friday成员四个人在校园里闲逛了一下午，也没有等到女神的出现。后来他就干脆和他的小伙伴在自己教室的讲台前面，小伙伴拿着扫帚当吉他、讲台当钢琴、粉笔擦当麦克风，愣是在无比的走调中唱完了《温柔》和《倔强》。

然后L君迎来了分道扬镳的那个夏天。

认识我的人都知道这个L君是谁。

陪我度过那个夏天的小伙伴们，我们一起骑车去学校，一起去茶座点杯喝的就耗一下午，一起去先锋书店挑书。我说老子将来一定要出书；Kim说自己要成为牛×的设计师；包子说自己没什么志向，只想和自己的女朋友好好的，被我们嘲笑了两年；李婧说先把大学念完再说，然后找个好归宿是人生目标。

后来Kim如愿以偿地学了设计；包子还是没能避免分手，分手后做了一件傻×又浪漫的事情，就是把他和ex（前女友）约好要去的地方自己去了个遍，还寄明信片给她；而李婧因为我们后来都忙，也就慢慢断了联系。和我最好的小伙伴们，几乎都和我隔着太平洋，包括那天爽约的女神。

2010年夏天，我接到一个陌生号码打来的电话，接起来一片嘈杂。但我终归听清了电话那头是在演唱会上，因为《温柔》的那段talking①辨识度太高。可除了那段熟到烂的talking，我再也没有听清哪怕一句歌词。

我至今都不知道那个号码是谁的，就好像是包子至今都不知道他的明信片是否寄到了。

有些人也就慢慢断了联系，有些人也就再也没见过，管你当初和他的关系有多好，管你当初有多爱她。

许久以后你会发现，你不是非要去看演唱会，其实不看也不会那么难受。重要的是你在看演唱会的时候，可以和你好久不见的小伙伴相聚；重要的是，他们也在赶往那里，而你们会创造一个共同的回忆。许久以后你会发现，那些曾经陪伴你的东西，你是没有办法割舍掉的。很多时候你会以为自己忘了，把它放在阴暗的角落里，但

---

① 演唱会中穿插的演唱外的语言部分。

只要你一旦有机会听到那些、看到那些，回忆就会变得无比清晰。

去看演唱会的时候，发现他们的歌迷越来越多，而自己早就没有当初那么狂热了，一眼看去，满是自己过去的影子。那时我产生了巨大的失望，不是怕台上的他们不够好了，而是怕自己终究还是远离了当初的自己，不再狂热不再年轻。但奇怪的是，有些东西还是留了下来。

我坐的位置并不好，看不清台上的人；我看到的，都是曾经的自己：在自己开心的时候听的《恋爱ing》；在自己失落的时候听的《憨人》；在旧的音像店淘到的那张专辑，还有毕业时唱得无比烂的《温柔》；还有那时候第一次看演唱会，我朋友看得一阵难过，怕以后就见不到他们了。

这个小伙伴如今已经失去联系，导致我有时回想过去，会怀疑那些日子是不是真的发生过，但有些歌却留了下来。

有时候不得不感叹科技真的是个好东西，随便点开个网页就能听到以前常听的歌。有些人，即使你们之间有互相的联系方式，还是会不可避免地疏远，然而耳机里的歌不会。它一直在那里，一直不变。它陪着你读过了一个又一个日出日落、一个又一个难过伤心，一听就是很多年。只有这些时刻，你才能非常笃定地对自己说，曾经发生过的事情总有它的意义。

前阵子去南京，N君问我："你怎么还喜欢五月天呢？"我说："鬼知道，大概是因为他们陪我过了那些年吧。"

就算什么都是假的，陪伴是真的；就算不再像以前那样，曾经获得的力量是真的。

如果可以，去看一场想看的演唱会，去现场听那个耳机里陪伴你的声音。当你去现场时，你会发现眼前的，除了台上的人，还有曾经的自己。因为你孤身一人时的每种心情，或开心或难过，还有一些无法表达的情绪，都恰好被写进歌里了。或许他永远不知道你，但是你知道是那些歌陪伴你度过了那段难熬的日子。

这些年，五月天也慢慢变红，不再是那支没有人知道的乐队。他们的《温柔》对很多人依旧有杀伤力，却也变成了段子广为流传。爱它的人越多，黑它的人也便越多。我想，说着梦想的五月天终归是实现了自己的梦想，却没想到会有很多人把他们变成梦想，尽管阿信一再强调，自己的音乐只是追梦时的背影音乐。

如今又是一年过去，主唱即将过生日，你也是。我们都多少成长了一些，不管是台上的人，还是台下的我们。或许我们都会怀念起曾经的他们，就像怀念曾经的自己一样。但不管怀念不怀念，对他们现在是什么看法，我们终究被时间拖到了现在。我不再想要告诉别人这支乐队对我的意义，因为讨厌他们的终究讨厌。有一天分道扬镳了，不再听了，不再喜欢了，也不要落井下石，毕竟曾经陪伴过。

每个人终究有一天会明白，尽管他们无比确切地描述了我的每种心情，我们终究是平行线。谁都不是谁的终点，谁都不是谁的梦想，谁都有谁的生活，有自己的冷暖自知。

你只要记得，曾经失落的时候那些歌是怎么陪伴你就好。

对于生活中每个陪伴过你的人，不管他们是以什么形式出现、什么形式消失，都是一句：
"很开心你能来，不遗憾你走开。"
但你现在还在，而我们都还没变，真是一件值得庆幸的事情。

大 概 因 为 他 们 陪 了 我 很 多 年 吧

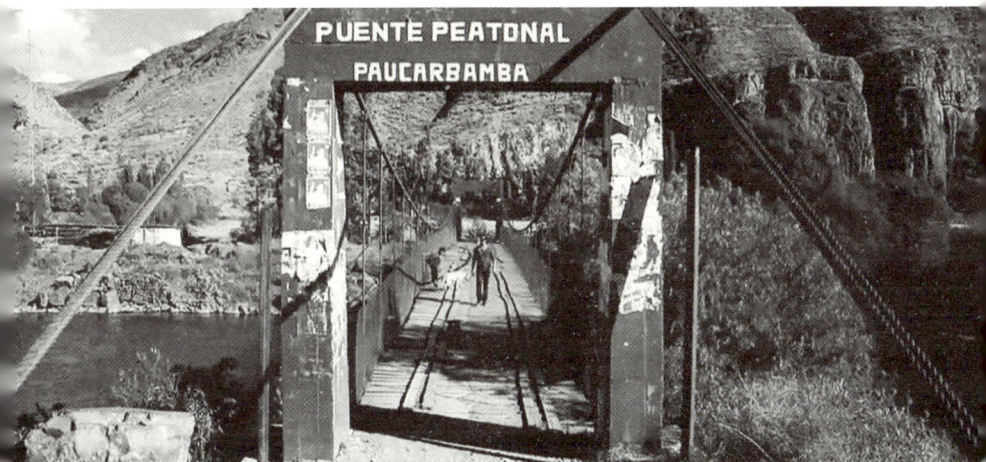

"让我们红尘做伴，
活 得 潇 潇 洒 洒"

最开心的时候，无论是和许久不见的好友聊天，还是互相吐槽吃爱一切
没变。只有这个时候才会真切地觉得，距离也不是那么重要了。有的人
站在你面前，你们却像隔着太平洋，交谈起来就像是在翻山越岭；有的
人与你相隔万里，你却不会觉得有时差，不用多说，彼此懂得。

世界既荒诞又真实，可自始至终，幸好我们有朋友。

（一）

我们几个聚会唱卡拉OK的时候，常点的歌就是动力火车的《当》。（当然以前还爱唱《最炫民族风》和《爱情买卖》。）

虽然我们唱歌时常恶搞，但每次我们唱到"让我们红尘做伴，活得潇潇洒洒，策马奔腾共享人世繁华；对酒当歌唱出心中喜悦，轰轰烈烈把握青春年华"的时候，都会站起来唱得特认真，仿佛自己也在把握青春年华一样。

我和我的小伙伴们已经很久没见，高中时我们是最好的朋友，一起上课、一起下课、一起喜欢同一个妹子、一起分享种子。到了大学就散了，出国的出国，去其他城市的去了其他城市，开始各自的生活。

如今转眼五年过去了，我又回到了最初出国到的地方：墨尔本。一个好友已经在苏州开始了职业生涯，另一个好友则去了北京开始北漂生活。一个开始每天在朋友圈里吐槽自己的工作，另一个26岁的"老男人"决定去北京追逐梦想，而我则远在澳大利亚。

墨尔本这两天一直在下雨，10月末的墨尔本本该是夏天，这时却冷得让人发抖。临近考试，又为了房子的事情心烦，发了个朋友圈，一分钟以后我就收到了好友的微信。我一直觉得友情比爱情更真实。虽说在爱情来临时，我们都会忽略友情；但当爱情的光消散之后，你会发现在你身旁支撑你的，一定是友情。

（二）

老实说，我和我的这些好朋友彼此之间的交流越来越少，人人网已经很少上了，开着QQ更像是习惯而不是为了找人聊天，在线状态也转为隐身。以前QQ群每天都能有几百几千条消息，现在安静得谁都不知道怎么开口说第一句话。到了某个阶段，彼此都踏入自己人生的分水岭，曾经的友情好像就这么变淡了。

但就像是我发一条朋友圈说自己最近的不顺时，第一个和我私聊的肯定不是点赞后就没消息的，而是我的好友。只有这帮家伙在你顺心的时候都销声匿迹，在你失落的时候及时出现吐槽你，用他的方式关心你。

最开心的时候，当然是和许久不见的好友聊天，还是互相吐槽感觉一切没变。只有这个时候才会真切地觉得，距离也不是那么重要了，苦逼操蛋什么的也都是小事。有的人站在你面前，你们都像隔着太平洋，交谈起来都像是在翻山越岭；有的人与你相隔万里，你都不会觉得有时差，不用多说，彼此都懂。

你知道，在某个阶段你会莫名其妙地和一些人关系很好，和老朋友的联系也就少了起来；然而你又会莫名其妙地和那些人失联，最后留下的还是那些从一开始就在的好友。自己失落的时候、梦想遥远的时候、工作不顺利的时候，打开通讯录，能说上几句话的，还是原来的那些好友。

随着成长，留下的朋友越来越少，而那些留下的，一定很重要。

（三）

我不是内向的人，也从来不是那么不善于交际的人。虽说我也知道人脉在某种程度上就是一切，但比起去经营一段人脉，我更习惯于自然而然。而最近一两年我开始变得越来越懒，懒得去交际，懒得去经营所谓的人脉，更不想去从头到尾认识新朋友，懒得去分辨他们的话有几句是真、几句是敷衍。

尽管如此，我还是不可避免地开始忙于扮演各种角色、遇到形形色色的人。我们知道彼此的名字、邮箱和电话号码，我们知道什么时候可能需要对方。我们都开始学会对人说鬼话、对鬼说人话，把什么都说得天花乱坠。

所以这时候，你会知道好友有多么重要。

在你什么都没有的时候，他们陪在你身边，他们本不需要这么做，但他们用整个青春的时间包容了你。你在他们面前，可以把面具摘下来，想吐槽就吐槽、想骂娘就骂娘、想犯二就犯二，笑就笑得开心、哭就哭得彻底。在朋友面前，形象是什么，能吃吗？正是因为有了这些从不客套、不损不欢的好友，我才没有变得太麻木。

之前在书里写："陪伴"在我生命里是个很重要的词汇，因为我们生来就是孤独的，我们会经历一个又一个人，却不知道谁能留在你的明天里。其实我们都很清楚这一点，所以我才很珍惜每一个愿意为我停下脚步的人，很珍惜那个我可以说"嘿，接下来的路，一起走一段吧"的人。

不是说在最好的年岁里遇到了你们，而是因为遇到了你们，才有了我的这些年。

也因为这些好友，我才觉得回忆是真切地经历过。不必担心时光匆匆，不必担心回忆变模糊，记不清的只要好友在便能记得，说不清的只要好友在便可以分享。

（四）

我的老友们，虽然我们联系越来越少，但不要担心。或许坐办公室和当年我们一起放学后打篮球是完全不同的人生，那也没什么好担心，大不了我们又各奔东西，反正这些年我们都习惯了。往前奔的时候千万别回头看，我巴不得你们忙到没时间打扰我，谁离了谁都不会怎么样，放心吧。

但是只要你加班了、被骂了、不爽了、失恋了、梦想破灭了，只管给我"戳"个微信或者电话，放心，有这个机会我一定会狠狠吐槽你的。不过，再惨还能怎么惨？有什么好怕的？当年我们都是什么都没有的傻小子，大不了我们再一起出来吃泡面，这样我也觉得开心。

这个世界荒诞又真实，光怪陆离，还好我们有朋友。

"说吧，红烧牛肉还是鲜虾鱼板，我请。"

"尼玛，说好的大餐呢？"

"让我们红尘做伴，活得潇潇洒洒"

BGM：动力火车《当》

好 好 珍 惜 身 边
的 每 一 个 人 ，
一 如 珍 惜 自 己 一 样

有些人，你可能已经和他见过最后一面了；有些人，可能你还没有意识
到他对你有多重要。每个人来到你生命里总有意义，即使你们终究离
别。好好珍惜身边的每一个人，一如珍惜自己一样，因为正是有了这些
人，你才得以一路走到现在。

(一)

你喜欢上一个人，恰好她也喜欢你。在某段时间，这样的戏码似乎很容易上演，于是你们在一起了。每天，穿着校服谈天说地，分享左右耳机，一起分享梦想，一起打工。你们说好要一起长大，你们说好要一起去看演唱会，然后艾玛，很多事情还没来得及做，不知道怎么的，你们就分开了。

后来你喜欢上另外一个人，可是她偏偏不喜欢你。你把自己当成偶像剧主角，说是只要她幸福怎么样都可以，哪怕永远不让她知道你喜欢过她。偏偏你们成了无话不谈的好朋友，你小心翼翼地维护着这段距离。她说她喜欢上一个男生，你在一旁出谋划策。

然后，没有然后了。

小R说的话我至今记忆犹新："暗恋的好处之一，就是她的一举一动，哪怕是不经意对你一笑，都可以让你记住很多年。这种情感完全不需要她的参与，只属于你一个人。"

再之后，你突然喜欢不上谁了。你每天和很多人擦肩而过，朋友也给你介绍对象，可你就是喜欢不上。你也会想起之前爱过的人，当初说好的一切、当初聊天的时光，你突然想，如果当初对她再好一点儿就好了。只是，这么想了时间就能倒退吗？

不能。

承认吧，你已不再是之前的你了。如果没有遇到他，你可能还可以奋不顾身、飞蛾扑火，但是你遇到了。然后你变得小心翼翼，把自己保护得好好的。你很难过，你一点儿也不喜欢你现在胆小怕事犹豫不决的样子。只是，哪怕你知道你会变成现在这样，如果重新再来一次，你还是会毫不犹豫地选择遇见那个人吧？

（二）

你有很好的朋友，好到你看不到这段友情的尽头。

旁人看起来无比傻×的事情，你们聚在一起就会变得热血无比，哪怕只是半夜几个人轧马路，你们都能轧出不一样的感觉来。你们谈天说地，永远有说不完的话，永远不会累。你们之间没有什么钩心斗角，什么话都能说。去唱歌，一个电话就能到，风雨无阻，喝到挂、唱到哑那都是小事。你们聊着所谓的未来，觉得触手可及。

那时候你觉得，这样的友情必须持续一辈子。

可没过多久，突然间就疏远了。QQ群已经成为上个时代的产物，人人网许久不更新。你只能粗略地了解到：A带着喜欢的姑娘出去旅行了，B突然间出了国，C去了另一个城市。仿佛每个人都有自己的人生，而你依旧在十字路口徘徊。你知道有些友情总能够天长地久，但你也知道有些失去总是不可避免。最无奈的是，你深知这些，但还是为了这些神伤。

你发自内心地觉得要好好珍惜下一个出现的朋友、下一个出现的恋人，可你又突然发现你好像已经无数次下定了这样的决心。总是在浪费，总是变得不知所措，总是在逃避问题；从不想改变。

你如你所望地成了大人，可是发现生活是另外一个样子：没有太出众，但也不会饿死。工作谈不上喜欢，倒也不厌恶。想做的事情不是没有，可就是不知怎么都没做。听过的歌再也不听，说过的话再也不提，最后连所谓的懊悔都被麻木掩盖下去。身边的人来了又去，好像应该觉得可惜，但又没什么可惜的，仿佛你早就接受了生活本就是如此。

（三）

故事的最后，当然不会这么下去。

你的生命中会出现一些人，还有一些是曾经弄丢了的又突然出现在你生命里的人。你们的相遇变成平淡，没有当初那么狗血的戏码；你们的交谈也许没有当初那么热烈，因为你已经能够很好地安慰自己。

然而他们的出现对你很重要。

一切好像没有当初那么热血、那么炽热了，可是你能清楚地感觉到身边的人来了就不会走了。或者说，即使他们走了，你也会心存感激，并给他们留下位置。

最后陪伴你的人，也许会跟你当初爱上的人完全是两个样。现在陪你喝醉的人，也许你从来没有想过陪伴你到现在的人会是他。

如果要问现在的你和之前的你有什么最大的不同，那一定是你学会了珍惜，也学会了平静。一个人最难的就是可以平静地面对离别，而这个世界的吊诡之处在于：当你学会平静面对离别的时候，那些人已经在你的心里永远不会走了。

有些道理是突然间明白的，在你明白之前需要时间。在你明白一些道理、遇到一些人之前，好好珍惜身边的每一个人，一如珍惜自己一样，即使你们终究会面对离别。

好好珍惜身边的每一个人，一如珍惜自己一样

我 们 都 到 了 这 个
略 显 尴 尬 的 年 纪

我们都到了一个略显尴尬的年纪：都不再那么年轻了，却也没有足够的成长；都想依靠自己，却发现还差一点儿；都想要往前走，却发现前路漫漫，前有迷雾后有压力。可即便迷茫尴尬，时间依旧拖着你。总有些时刻你不再相信了，可在心底你还是会有所追寻。我们都跑不过时间，只能跑过昨天的自己。

大年初二我和老陈大半夜坐在马路牙子上喝酒。这家伙和我从高一起就是好基友，转眼我们的友情将近十年。老友相聚，总能提到以前，高中时一起犯的傻×，大学里一起熬夜通宵。那时大家好像都无所事事，总是一个电话就能聚到一起。现在回头看，身边的人，也就只剩下那么几个。

老陈大年初三就要回银行上班，他喝酒总是有一个特点，就是喜欢吹瓶，人送外号"雪花小王子"。这货又拿起一瓶啤酒准备和我一饮而尽，我忍着满肚子往外冒的啤酒气，愣是和他又干了一瓶。到后来我撑到站起来都在打嗝儿，那货依旧若无其事地一瓶又一瓶。

我说："你这傻×这么多年来真是一点儿都没变。"
他说："我也就只有在你们面前还能找回一点儿以前的感觉。"
我无语，突然间不知道应该说些什么。
因为仿佛我也是这样。

想着很久以前，我们说话总是喜欢用"终于"，就像"终于放假了""终于毕业了""终于离开这里了""终于又是一年了"。那时总觉得任何一个告别都是一种解脱，却没想到时间把我们都推向了一个无比尴尬的年龄点。

末了老陈又去买了一打啤酒，感慨说："总觉得我们还没长大就老了。"

我拍了一下他的肩膀，说："尼玛，你居然变得这么文艺，难道是看我书看多了吗？"

老陈来了句："傻×，你的书别指望我看第三遍，人总有迷茫想倾诉的时候。卢思浩，你觉得未来我们该怎么走？"

我拿起啤酒和他碰杯，说："尼玛，还能怎么走？在甘心之前，一直往前呗。"

这就是大年初二的场景，我、老陈——两个傻×，两打啤酒，张家港某处的马路牙子。

没有什么能一下子拯救你，也没有什么能一下子打垮你，就像我在之前说的一样。只是时间拖着你，把你变得越来越尴尬。明明不年轻了，又不甘心彻底变成大人。明明不再那么年轻了，却又没有真正地老了；明明比什么时候都想要靠自己，却又发现自己靠不住；明明想要往前走，却不知道劲该往哪儿处使。

你看，多尴尬。

然而成长的一部分就是这样，你没有办法逃开它，这种尴尬感会在很长一段时间内和你如影随形。它无时无刻不在提醒你，你已经长大了，你必须做好准备。世界就是这样，有人欢喜有人愁，有人开心有人难过，你不能保证自己会拿到什么样的剧本，你只能保证自己能把这个剧本演下去。

就在前天，小伙伴找我聊天，大意是问我，怎么才能摆脱那种无力感。我想了想，回答他，我从来没有摆脱过无力感，就好像我没能摆脱过孤独感和尴尬感一样。即使一个人再怎么努力生活，他终究要面对分道扬镳。他终究要面对生命里的挫折和不如意，尤其是在他发现生活是另外一个样子的时候。

既然没办法摆脱，那就承认它。承认自己有可能失败，承认到了某个阶段朋友就是在做减法。只有这样你才能明白什么是重要的，你才能明白现如今还在你身边陪伴你的人，是多么难能可贵。

时间总是拖着你，不管你乐意不乐意。即使迷茫，你也只能被它拖着走。你没办法跑过时间，你只能跑过以前的自己。到了分岔口，你就该学会分道扬镳。你得和曾经的自己挥个手说声再见，你就在这里待着，这里有你喜欢的东西，我不能陪你了，我得继续往前了。懒惰也好懦弱也罢，你得对那个自己说声再见。

如今我终于能明白所谓的尴尬感到底是什么。

我想所谓的尴尬就是不上不下，不知道往哪里走却又不甘心就这么放弃。每个人心里都有一块石头，要么让它永远沉着，要么就把它打碎扔掉。在一个人甘心之前，他总是很难把那些想法从脑海里摒除，就如同有些事他明知道是作死，可他依旧会去做，即便前面是万丈深渊，他也会往里跳。这不是傻，而是不这么做，他就不会甘心，就会每天被自己的想法折磨一次。要么走到终点，要么开始就别走这条路。

我依旧觉得尴尬有时又无能为力，我想你也一样；可我依旧不愿意放弃，我想你也一样。我没有什么天分，很多事情总是做不好，我想你也有这样的时候；可我依旧在努力地做着一些事，我想你也同样。我终究相信这些，我想你也同样。

所以，这篇文给同样尴尬的你。

我这里的冬天比想象的要长一些，雨下了好几天。我没有那么期待春天，因为春天过后总有冬天。我只是学会了在冬天时，多穿一点儿；在下雨时，准备伞。但就像天总会亮、日子总有暖起来的时候，在以后的日子，天还会黑，冬天还会来，路还很长，所以我们都要学会自己拉自己一把。

与其指望遇到一个谁，不如指望你自己能吸引那样的人；与其指望每次失落的时候会有正能量出现温暖你，不如指望你自己变成拥有正能量的人；与其担心未来，不如现在好好努力。不用太悲观，也不用那么乐观，站在自己想站的地方就好。未来是能站稳还是被风吹跑，那都是时间的事。

你知道，有些歌一听就能听很多次，有些人一陪就陪伴了好几年。

我已经告别了太多，剩下的陪着我的一些，不管是一首歌还是一个人，我都不会轻易放手，绝对不。只要有机会，我就会去听、会去看，就会去和他们说说话。我已经放弃太多，剩下的一丁点儿天赋和努力，我绝对不放手。

末日还是迟到，又是这么一年过去。如你所知，我们依旧活着。只要活着，天就会有亮的时候。但在天亮之前我们还有很长的路要走，我们都处于略显尴尬的年纪里。然而这也没关系，就像之前说的，我们都跑不过时间，那我们就跑过昨天的自己。既然我们都免不了尴尬，那就丢掉所有的犹豫。

在你的才华还无法跟上野心时，就静下心来努力。
在你跌倒还能爬起来的时候，在你甘心之前。

我 们 都 到 了 这 个 略 显 尴 尬 的 年 纪

🌧 BGM: July *My Soul*

希 望 你 过 得 好，
像 照 片 一 样 好

有些友情是不会被时间打败的妖孽，但即便如此，我们都不再像从前一样能时刻陪伴、时常联系。唯愿你过得好，像你的照片一样好；愿你能顺利，像你当时憧憬的那般；愿有人陪你颠沛，像你一直等待的那样。来日相聚，再把当时的傻×事和回忆下酒。

前阵子，在去济南的高铁上，我一边听歌一边准备讲稿。

包子突然间在微信群里发了个表情，顿时群里像炸开花一样，平时隐身的大神通通出现，一时间聊得不亦乐乎。高铁上信号时断时续，我就给包子打了个电话聊了会儿。放下手机的时候，突然有点儿恍惚：上次我们几个一起聊得这么欢乐是什么时候？

聊得最欢乐的时候，是微信群刚建立起来的时候。每天都是成百上千条信息轰炸，大事小事什么都扯。那时我们还在同一个城市，一个电话就能聚到一起。后来也不知道什么时候，群里开始逐渐没了声音，那些总能见面的日子和那些无所事事的夏天恍惚间变成了上个世纪的事情。

许久前的"逗比"少年当然不明白分道扬镳到底意味着什么，想着哪怕不在一个地方工作了，也总能常常聚到一起。后来才明白，选择了一个工作、一个城市，也就意味着选择了一种生活方式。自然不必担心友情变淡了，但联系是不可避免地少了些。

以前我觉得，所谓友情，一定是随叫随到轰轰烈烈几个"逗比"聚到一起有说有笑策马奔腾共享人世繁华。能时常聚到一起是基本，能天天吐槽是要素。如今发现，能相聚的次数一年能用手指数过来，一起吐槽的次数如同"大姨妈"一个月一次。

友情大概是一种不需要常常惦记，但想要说话的时候可以随时开始的人际关系；不需要时常保持联系，但聊起天来感觉时间就像没走；不需要陪伴在身边，但有困难时可以第一时间到你身边。古人常说君子之交淡如水，我们还不是君子，却也有些能感受到这句话的道理。

那天和包子互相吐槽完对方是万年不变的傻×的时候，挂完电话歌曲正好放到《直到世界的尽头》，我对这首歌就是他妈的永远不会腻。那时我突然明白一个道理：人到了某个阶段，身边的东西就是在做减法，但是在做减法的同时，你会发现有些东西是不会减掉的。你就是知道这些东西是什么，你就是毫无缘由地相信，那些东西会陪伴着你。

被时间筛选下来的友情就是如此。

人最不能高估的就是和任何人之间的关系，有些人不去联系，慢慢地就会断了联系。谁都想着各种友情都能够天长地久，却没想到最难的就是保持联系。然而人生好友能有几个便足够，也只有这些人，你知道哪怕你很久没有他的消息，你们之间的联系也不会断。

我的脑袋容量不够，有些事情说忘也就真的忘了，但有些事情，我绝对不会轻易忘记。

如今我们都有了各自的生活，想要联系我的时候千万不要怕互相打扰，但我又真诚地希望那些找我吐槽倾诉的时候可以少些再少些，最好永远都不要因为这些事情联系我，一定要过得好。

那天我又打开了这些好友的朋友圈，照片里的他们总是很开心。虽然我比谁都清楚，照片背后的故事一定还有很多。而如今，我们都相距太远，希望你过得好，就像你照片表现出来的一样好，没有那么多背后的故事；希望你顺利，就像你憧憬的那般，没有那么多只能往肚里咽的苦。

来日相聚，再把回忆下酒。

希望你过得好，像照片一样好

准时、平等和真诚

越是朋友就越不应该站在指责的立场用教训的口吻说话，真实不代表刻薄，指出不代表批判，而是在尊重对方的前提下分享自己的想法。好友之间不存在高与低，不需要优越感，也不存在迎合，会照顾互相的感受，准时、平等而又真诚。

以前我们生活圈中有个共同的朋友，之所以说是以前，是因为他渐渐淡出了我们的朋友圈。

他最大的特点就是会给身边的人泼冷水。D姑娘失恋的时候，他说"我早就和你说过了，你偏不听"；Kim帮他他画了幅画，他没有一点儿感谢的念头，话语里反而隐隐约约显示出不满，仅仅因为Kim没有一早传给他；朋友减肥的时候他说"减什么呀，这么辛苦还是趁早放弃吧，我这是为你好"，一句话把朋友的热情结成了冰。

友情致死的凶手之一，就是这句"我这是为你好"，亲情也是同样。而且越是熟悉一个人，就可能越是忽略对方的感受，越是容易给他泼冷水，越是容易忘记别人对你好从来不是理所应当的，越是容易忘记"哪怕是朋友，也不应该站在教训的立场上和他说话"。

泼冷水不等于忠言逆耳，很多人就是忽略了这一点。不知道是不是每个人的生活中都有那种靠优越感来维持感情的人，他们需要靠这种优越感来维持自己的存在感。而他们这种优越感来得比什么都莫名其妙，末了来一句："我这是为你好。"或者说："我这个人就是这么直。"当成他的免死金牌。

不要总揭别人伤口，说话又冲，给身边的人泼冷水还一副"我这是为你好"的扬扬自得的神情。会不会说话和阿谀奉承是两码事，基本的尊重一定要有。交谈的最基本准则就是平等，而不是一副优越感的样子，哪怕是朋友，这一点也一样。在我看来朋友相处的基本点有三：准时、平等和真诚。

我之前看过一段话："有很多人误解了刻薄和尊重，这个时代并非礼貌就意味着虚假。你可以选择毫不掩饰地说出自己的内心话，但这不意味着你必须要让对方感觉到尴尬和无地自容。真实不是直接，而是在尊重对方的前提下分享自己的想法。"

真正的忠言逆耳，是站在朋友的角度设身处地地为他分析，能给出建设性意见自然最好，给不出意见站在他身边给他支持就可以了。

准时是两个人之间最基本的尊重，没有人是天生需要等你的，这就和"哎呀，我这个人天生就是会迟到"一样无力。如果真的是会晚到，大可以打个电话或者发个微信提前告知，而不是大家都到了你才慢悠悠地赶到，一副全世界就应该等你的样子。朋友不发作那是因为他的包容和涵养，只是谁都不傻，当一次次的忍让换不来尊重时，每个人都会在下次聚会的时候下意识地把你排除在外。

不管怎样，都会造成彼此的疏远。

平等和真诚更是我交朋友的必要条件。生活本就辛苦，需要我们常常掩饰自己，如果在好友面前还要常常掩饰，那我宁可不要这样的友情。我不在乎这段友情能不能给我带来人脉，我更希望我们能够并肩同行，在彼此缺乏能量的时候能够互相支撑。即便我们的做法和领域都不同，只要想到彼此觉得踏实就可以。

平等同样重要。想尽办法去钻进一个圈子，绞尽脑汁去取悦你想爱的人，踮起脚来证明自己比别人高，都比不上遇到一个让自己舒适的圈子。我始终相信，当我有足够的能力时，我自然可以有跟我相似的朋友。如果一份友情需要时时迎合和取悦，那不如不要。一份好的感情应该是：我成功，他不会嫉妒；我萎靡，他也不会轻视。

还记得以前在买衣服时遇到的一对情侣。男方为女方挑衣服，他刚拿起来一件，就听到女人一声尖厉又充满嫌弃的声音："这个太丑了，你会不会挑衣服啊？"至今仍记得销售员和他一副尴尬又欲言又止的表情。

每个人在生活中都能保持着一定程度的礼貌和宽容，但永远不要一而再地挑战一个人的底线。如果有一天你朋友或者爱人离你远去了，那或许是他纠结了很久却又不得不做的决定。有时候在朋友失意的时候你一副指责又趾高气扬的样子，会让他比失意这件事本身更寒心。

没有人天生就该听你的，也没有人天生就应该对你好。心存感激、互相包容、保持尊重，才能尽可能长久地维持任何一段感情。指出别人的缺点时，有人是建立在嘲讽的基础上，有人建立在尊重和了解的基础上，往往后者才是真正为你好。

愿你远离前者，珍惜后者

准 时 、 平 等 和 真 诚

☀ BGM: Dj Okawari *Afterschool*

总 之 ， 有 些 人
后来真的再也没见过

每个人都在赶路，有自己的目标和自己的生活。有人和你目标一致，有人愿意停下脚步，有人愿意在有限的时间里陪你认真走。最终大多数人或许会分开。我经历过，我知道他们很重要，即使有一天不可避免地散了，也不强求他们的陪伴。

总之，有些人后来就真的再也没见过，而对至今还在身边的，一千个一万个感激。

（一）

微信群里一个姐们儿，说自己马上要毕业了，昨儿跟自己的好姐妹去夜店里蹦跶，然后半夜在马路上边哭边喊，于是她今天嗓子哑得和杨坤似的。

想起我毕业的时候倒是风平浪静，什么疯狂的事也没干。跟兄弟喝酒的时候一直很正常，感觉仿佛毕业只是再常见不过的程序，末了我一个人收拾行李的时候，听着*Yellow*，突然间就跟傻×一样哭了起来。我一直是个钝感严重的傻缺，大概直到那个时候，我才明白自己要告别的是什么。

告别。

尽管我们都在彼此的同学录里写着"友谊常在"之类的字眼——也不知道现在是不是还流行同学录这样的东西，还是现在早已互留人人网和微博——但还是莫名其妙地失联。曾经的人人网热闹的景象也不见了，取而代之的是一片沉默。

倒不是不想去联系，只是怕联系的时候只剩下一句"好久不见"、一句"最近还不错"便无话可说。谁都害怕曾经的友谊变得如此似是而非，所以干脆不联系。也有因为逐渐开始走向各自的生活轨迹，偶然想起的时候，只是害怕打扰。

6点起床只为了见她一面的那个姑娘、晚上熬夜在楼下一起抽烟的死党连同他欠我的那顿饭、失恋的时候陪我很久又突然失联的姑娘、散伙饭上抱着哭的哥们儿……

后来就真的再也没见过。

（二）

在墨尔本短暂地待了半年多，2009年，五月天来开演唱会。第一时间一个人去买了票，满怀欣喜地等着他们的演唱会，结果钱包在电车上被偷了，连同演唱会的票。不甘心回家，我就在外面晃荡，一直晃荡到凌晨。谁知道晃荡到末班车都赶不上，无奈之下只能坐在台阶上等天亮。墨尔本就是个不夜城，时不时有出没于夜店的鬼佬鬼妹经过。后来一个西装革履的中年人一屁股坐在我旁边，和我聊起天来。

他刚从公司加完班，车子被借走，又被朋友放了鸽子，没赶上末班车，结果一眼就看到了在台阶上的我。于是我们就去了一个类似于小清吧的地方聊天，一直聊到第二天早上。如今我还记得他的样子，却不记得我们聊天的具体内容了。只记得一句："It is great to see someone like me who looks so bad,hah." ①

有几天很晚的时候，从街上回家，都能看到有个奶奶在街边卖马铃

---

①见到有人看起来跟我一样遭糕真是太开心了。

薯，我都会买上几个。元旦那天和朋友喝完酒回家，想着应该不会遇到她了，结果一转弯还是看到她在外面。元旦的天有多冷大家也是知道的，无意去责怪她的子女，也不想问她的苦，就多买了几个马铃薯，跟她说不用找钱了。

她却执意去旁边的便利店换了钱找给我，还对我说晚上很危险，早点儿回家。

在旅途中碰到的小姑娘，当时我们都挺中意对方的，可是也明白旅途中同行一段以后就会散了。互相留了联系方式，说着一年后我们回来这里，如果我们还能遇到，我们就在一起。之后，我们保持互相寄明信片的习惯很久，然而一年后，我们谁也没提起这个日后看起来幼稚的约定。

我以为我早把他们忘了，却还是能在某个时刻想起来。

这些人，更没有再见面的机会。

（三）

萍水相逢的人如此，而那些曾经住在生命里的人也是如此。曾经在一起三年的姑娘，爱的时候死去活来，说什么也不能让我们分开，信誓旦旦地说毕业后就结婚。然后突然就吵了起来，也忘记了具体因为什么，她突然来一句："我们先冷静一段时间，冷静完了再去找对方。"结果没想到，这一段时间的期限，是他娘的一辈子那么长。

失去缘分的人，即使在同一个城市也很难遇见，于是，我再也没能见到她。

有段时间，会突然和一些人关系很好，就连认识的方式都突然变得莫名其妙。那个时候一起唱歌一起玩、一起喝酒一起醉、一起看姑娘、一起聊感情，然后突然间又全部消失。

如果你一天不去联系、两天不去联系、三天不去联系，慢慢地，你们就变成互相生命中可有可无的人了。想想虽然无奈却也只是无奈。

后来我开始想，为什么我记不清初中时坐最后一排的人是谁，却能记住很多只见了几面的人？
谁知道。

那些恋人未满的人，总尝试着做些什么却还是无果而终；那些萍水相逢的人，在一起的感觉是那么自然，最后却还是杳无音信；那些曾经爱过恨过的人，经历了很多还是分开。离别似乎永远是相遇必须面对的命运。

然而我写下这些，仔细回顾过去遇到的人之后，开始明白：

每个人的人生都是一个过程，你从不会做饭到后来的得心应手，从一开始一个人生活的不知所措到现在的井井有条，从根本不能习惯离别到最后的平静，从曾经爱得过度疯癫到现在的小心翼翼。在这个不可逆的过程里，我们只能沉淀、只能向前，变成另外一个人。这个人也许成熟也许挣扎，只愿你能变成你不讨厌的自己。

而在其中起到很大作用的，就是你遇到的人。也许他只是在你难过的某个时段恰好在你身旁，也许他在你生病的时候总是在你身旁，也许你连他的名字都不知道。

这个世界有的时候就是这么不公平，有些人拼命想进入你的世界而你记得的只是陌生人的一个侧影，有些人爱了你很多年你却偏偏爱上只见了几面的另一个人。它就是这么不公平，而我们只能学会去面对。

所以我越来越相信，每个人来到你生命里自有他的意义，哪怕他只能陪你走一段路，也许你们的相遇只是为了告别。至少他在某个时刻和你产生了共振，让你觉得生活似乎不那么难熬。
而我们终究要开始习惯过明天没有课的生活，学着摸爬滚打。随着毕业，留下的东西会越来越少，但也越来越重要。还好有你，能一起回忆起那些年。老朋友，这比什么都重要。

总之，有些人后来真的再也没见过。
而对还能陪伴至此的人，一千个一万个感激。

总之，有些人后来真的再也没见过

BGM: Coldplay *Yellow*

我 要 的 不 是 口 袋，
而 是 你 这 个 朋 友

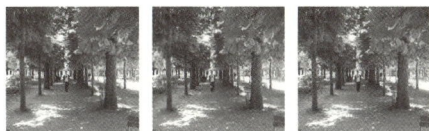

那时候他们的故事还没有变成漫画，对他来说，它只是一个从抽屉里钻出来的怪家伙。直到很久以后他才明白过来，他要的从来就不是那个有很多道具的口袋，而是一个在自己难受或开心的时候都能在身旁的朋友。

（一）

从前有个白痴叫大雄。他成绩特别差，逢考试必挂。他经常被胖虎欺负，在人群中一点儿都不起眼儿。

他喜欢的姑娘叫静宜，但他连和静宜讲话的勇气都没有。

他出门忘记带钥匙，回家路上跌进下水道。他总是被自行车撞，什么倒霉的事情都能发生在他身上。

有一天他问妈妈为什么自己那么倒霉。妈妈说，现在倒霉是为了之后的好运气。

（二）

胖虎一直长得很强壮，班级里所有人都怕他。他最看不惯的就是一个叫大雄的白痴，因为他实在太笨了，又很瘦弱。

不知道为什么他看到这么瘦弱的人就觉得不爽，觉得那种无名小卒没有存在的价值。

于是他开始跟大雄作对，不停地欺负他。

他是班里朋友最多的人，可他一点儿也不开心，因为他觉得自己没有真的好朋友。大雄却有一个很好的朋友，虽然那个朋友长得很奇怪。

他一直觉得只有强者才有朋友，所以一直想不通为什么大雄那么弱都能交到好朋友。

（三）

大雄的好朋友叫哆啦A梦。

那时候他们的故事还没变成漫画，对大雄来说这家伙就是一个从抽屉里爬出来的怪家伙。明明是只机器猫，却没有耳朵；明明是从未来来的，可什么都不告诉他。

但就是这个怪家伙有一个神奇的口袋，里面有各式各样的道具。

哆啦A梦有任意门、竹蜻蜓，有记忆面包帮大雄应付考试，有时光机让他回到过去。虽然时而不靠谱儿，但却是不可多得的好伙伴。

那时候大雄没有多想，只觉得哆啦A梦的口袋太棒了。

有一天他问："哆啦A梦，你有没有什么道具是能让静宜喜欢我的啊？"哆啦A梦摇摇头，说："我没有这样的道具。"

为此大雄一直和哆啦A梦闹别扭。

（四）

转眼他们上完小学、初中、高中，今年夏天大学就要毕业。

大雄、胖虎、静宜都来到了同一所大学。这时的胖虎总和大雄拌嘴，互相吐槽，在别人看来他们关系还是很不好，但不知怎么他们成了好朋友。

小时候一起同班的伙伴，如今只有他们保持联系。留下的越来越少，但留下来的一定是朋友，不管你们当初的关系如何。

更何况现在的大雄，虽然总是笨手笨脚，但他一点儿也不白痴，甚至拿到了奖学金。

胖虎自然以为这都是哆啦A梦的功劳，虽然自从大一之后，他就再也没见过哆啦A梦。

（五）

大雄一直喜欢静宜，可是一直不敢开口。胖虎嘲笑他是个透明人，大雄只能在心里苦笑。

这个小透明一直喜欢静宜，他变着法子关注她：生日时悄悄送礼物，微博上默默关注她。静宜难受的时候他会发几句安慰的话，静宜拍照的时候他会夸奖她，有时候静宜心情好，他又变着法子小心翼翼地吐槽静宜。

静宜不知道什么时候关注大雄的，她只是很巧地发现自己难过的时候他都在，她失眠的时候他会陪自己说上几句话；可是一回到现实生活中，大雄总是什么话都不讲。

这让她觉得很困惑。

她哪里知道大雄一直以来的自卑。

（六）

大雄在大三时休学了一年，静宜突然发现曾经的那个小透明不见了，很不习惯。

她找到胖虎，可胖虎也不知道原因。

还好她知道大雄的住址——从小学时就没变过。

她找到大雄家，想去找大雄，却看到大雄一脸难过的样子。突然间她不知道自己该说什么，准备好的台词也消失得无影无踪，犹豫了会儿就默默地离开了。

这是他们最接近的一次。

（七）

哆啦A梦做了一个很长的梦，它梦到静宜最后嫁给了大雄，在婚礼上它哭了。机器人本该是不会流眼泪的，可这次它哭了很久。再后来它听到了自己的零件坏掉的声音，接着就什么都听不见了。

迷迷糊糊中它看到有人来回收它，感到自己被人背着走了很长一段路，它就这么迷迷糊糊地在梦里走了很久。

它以为自己再也醒不过来了，却迷迷糊糊中又听到了声音。

"哆啦A梦，哆啦A梦。"是大雄的声音。

它看到了戴着眼镜、一脸疲惫的大雄。

（八）

眼前的大雄显得疲惫又高大。

它不知道发生了什么，还以为自己走错了时空，忙打开抽屉钻了进去，想乘上时光机回到原来的时空，却一头撞在木板上。

时光机不见了。

它又紧张地看了一眼自己的口袋，还好口袋还在。但是它接着又发现了一个可怕的事实：里面的道具都不见了。

（九）

大雄跟它说了很多。哆啦A梦在他上大学的时候就开始神志不清，到大三那年彻底坏掉了。现在已经过去了五年，大雄终于找到了修复它的办法。

"那静宜呢？你们结婚了吗？我梦到你们在一起了。"哆啦A梦问。

大雄笑着摇了摇头，说："大学毕业的时候，我们就分开了。小学、初中、高中这么多年的缘分突然就没啦，后来也不知道她在哪儿，大概老天也在惩罚我一直不敢开口。听胖虎说，我休学那年静宜来找过我呢，这样就足够啦，至少知道她很关心我，说不定这样就是最好的。"

哆啦A梦突然想起来，曾经大雄问它有没有能让静宜喜欢上他的道具。

它责备自己为什么什么样奇怪的道具都有，可偏偏没有那样的道具。

（十）

"对不起，"哆啦A梦低着头，"我没有能让她喜欢上你的道具……"

"哆啦A梦，"大雄打断它，"听说在你来的那个时空里，我和静宜是在一起的？"

哆啦A梦点点头，大雄笑着说："那就没关系了。小时候我妈妈说我之前的倒霉都是为了将来的好运气，我就把我的所有运气都献给那个平行时空的家伙吧。就让那家伙尽情疯、尽情闹吧，我这么笨又倒霉，能好好生活到现在就很好了。"

哆啦A梦还是很难过，因为它再也没有那些道具了。它觉得自己再也没办法帮助大雄了，想就这么离开。

它看看大雄，说："可是我的口袋已经永远坏掉了，再也没有那些有用的道具了，我已经没办法再帮你了。"

大雄说："没关系，我现在比什么时候都明白，我想要的不是你的口袋，也不要什么道具。我要的是你站在我身旁，口袋不是我的朋友。

"你才是。

"哆啦A梦，我等你很久了。"

我 要 的 不 是 口 袋 ， 而 是 你 这 个 朋 友

🌧 BGM:　周杰伦《梯田》

要 用 多 久 ，
我 们 才 能 坦 然 接 受
和 自 己 不 同 的 存 在

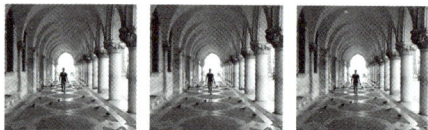

我花了很长时间才意识到，偏见这东西我们自身很难察觉，因为我们会习惯性地对一个人或者一件事下定论。这种东西根深蒂固、难以改变，但很多时候一个人的弱势不是由于他自己造成的，他本身有很多闪光点，就和每个人一样。尝试理解或许是徒劳，我们需要的仅仅是停止我们的指责。

最近一直在做有关disability①的research（研究调查报告），突然有很多话想说，把这些话总结起来就是：对一个身心不同于大多数人的人的最大尊重，就是对他们一视同仁。当然这里的一视同仁不是说物质上或者身体上的（盲道、残疾人专用通道这些是必要的），而是指人与人之间的相处。

我第一次接触残疾人是大二时，上课前我看到一个人走路十分别扭，我也没太在意就赶去教室了。后来发现他和我上同一节课，更巧的是他和我被分到了同一个小组。我还记得他一瘸一拐地走进教室，我一边想他是怎么了，一边盯着他看。坐在我旁边的澳洲鬼妹一脸难以置信的表情看着我，对我说："Stop staring at him! You are so rude."②

这也是我来这里学到的第一课，同时也感叹他们的包容度，他们可以很平等地对待他们，在提出帮助的时候，能顾及他们的自尊心。这是我很难做到的。

和他做了几次小组作业后我得知，他的腿在他16岁时因为车祸截肢了，现在对假肢还不是特别适应，有时候还需要拐杖。组员们从来不把他当残疾人看待，上下楼梯时会耐心地等他，没有人会盯着他奇怪的走路姿势，也没有人会提起这个话题，整个相处模式让我觉

---

①disability：n.无力，无能，无资格。

②不要盯着他看！你这样很不礼貌。

得他们从来没有把他当成残疾人。

我仔细想了一下如果我在之前遇到这样的人，会是什么态度：如果他是我在街头偶遇的陌生人，我看着他奇怪的走路姿势应该会敬而远之，并且目送他离开；如果他是我的朋友，我大概会在他出现的时候就去扶他，这在我看来是必要的礼貌。然而在我接触了这个小组之后，我深刻地觉得，对他们最大的尊重，就是对他们一视同仁。有时候搀扶和帮忙很必要，但永远不要触及他们的自尊心。

有时候你善意却又不必要地帮忙，会让他们二次受伤。不要刻意去帮忙，更不能把他们当怪物，残疾人最大的自尊和最大的期望，就是希望在相处时能被看成正常人。

在做research的时候，我看到了大量图片。老实说第一次看到残缺的手或者是残缺的腿的时候，我觉得毛骨悚然。有个人的手被烧得只剩下手掌，那张图看得我心头一紧，当时没忍受住冲击立刻把图片关了。试想一下，如果这样的人出现在你生活中你会怎么样？你会不会盯着他残缺的那部分？你会不会无法掩饰自己嫌弃的表情而敬而远之？你会不会在他行动的时候盯着他看？

我们要什么时候才能坦然地承认每个人的客观存在，并且能够坦然地一视同仁地看待他们？身体上的疾病或者残缺我们很容易发现，那么心灵上的呢？

甚至有些情况是再正常不过的现象，却因为他们是少数派，而让他们承受了本不该承受的压力。

以前听闻我们那个19岁男生跳楼自杀的新闻，还以为他是因为受不了学业的压力，报纸和网络也都是对于学校的控诉。后来我才听长辈们说起来，他跳楼自杀是因为他是同性恋。现在看来很可笑是不是？别说网上对同性恋的态度多么开放，当时对待同性恋的态度，就像对待妖魔鬼怪一样。哪怕是现在，在一些地方同性恋依旧被认为是十恶不赦的行为。

19岁是多少人无比憧憬的年纪？听说他的成绩还不错，在学校也是活跃分子，每次班级的活动他都会参与组织，给人的印象也是很开朗阳光。但谁能想到就是这样一个孩子，在19岁生日不久后选择了跳楼自杀这条路。

流言总是传播得很快，虽然我选择不去相信这是真的，但还是觉得可怕。一个男生19岁是情窦初开的年纪，或者更早。这时候他发现自己喜欢的不是女的，而是同样性别的男生，他该有多么纠结？有一次他跟好友说过这事，结果他的朋友第二天就再也没跟他说过话。受不了心灵折磨的他选择向父母坦白，以为能从父母那儿得到安慰。谁知道他爸妈的反应就跟撞鬼了似的，他妈妈甚至说自己造的什么孽啊，跪下来求他去喜欢女生。他看着跪在他面前流泪的妈妈，只能点头。

Maroon5的*Daylight* 的MV里有一句让我感受颇深的话：一个也是青春期的男生和他妈妈坦白自己是gay（同性恋），他妈突然就哭了，说："I'm crying not because you are gay，I'm crying because I know what people will do to you." ①

我想如果我们能意识到同性恋只是恋爱的一种——它再正常不过，或许很多悲剧就不会发生。

在我以前居住的小区里有个疯婆子，神神道道满身泥垢，人人对她敬而远之。听人说起她以前受了刺激才神神道道的，还去了专门收精神病的医院。后来她出院了，她的病早就好了，她也开始很认真工作想养活自己。只是谁都知道她是从精神病院出来的，没有人愿意和她亲近，后来不知道怎么就又疯了。我看着几个大妈说这件事情时一脸同情又嫌弃的表情，突然间不知道应该说什么。

我想或许我们的行为稍微改善一些，她就不会这么无助。

平心而论，如果我遇到这种情况，我会怎么样？在我的高中时代如果有个死党告诉我他是同性恋，我会怎么对待他？在小区遇到一个从前精神失常过的人和我搭话，我会怎么做？我甚至可以想象，如果我不知道这种情况和她说了几句话，周围的大妈一定会把年幼的我拉走，一边指指点点一边告诫我："那个女人从前疯过，哪怕现

① 我流泪难过不是因为我知道你是同性恋，而是因为我知道人们会如何待你。

在好了，你也要离她远一点儿，知道吗？"

我甚至可以想象那个后来又彻底疯了、家人说要带她去医院她拼命反抗不吃不喝哭着撒泼的"疯婆子"，在当时面对这样的情形所受的压力。有时我甚至觉得，疯了也好，至少活在自己的世界里时是快乐的，不用面对那些莫须有的指责、那些莫名的指指点点。

要花多久，我们才能平静地对待每个人的不同？才能明白不管是什么样的人都是世界上的客观存在？才能明白每个人其实都一样，只是你比他们幸运？漠视和嫌弃会让一个残疾人受到二次伤害，一个少年跳楼自杀，一个本来病好的人彻底疯了。

或许我们永远学不会换位思考，永远无法站在他们的角度感受他们面对的压力。但我希望我们至少能意识到一个人喜欢同性、一个人之前受刺激疯过、一个人遭遇了不幸造成了残疾，都不是你可以漠视、嫌弃、指点他的理由。世上每个存在、每个不同都有它的理由，但愿我们最终都能学会承认每个人的客观存在，不再戴着有色眼镜对待自己无法理解的事物。

希望更多人可以意识到，世界上有很多人和我们都是不同的。可能他们的基因决定了他们是少数派，可能他们的遭遇让他们和常人不同，但这都不是他们的问题，这不是任何人的问题。每个存在都是合理的，尝试理解或许是徒劳，而我们要做的仅仅是停止漠视和指责。

要用多久，我们才能坦然接受和自己不同的存在

/

关于
梦想

卢思浩说：

愿 有 人 陪 你 颠 沛 流 离

总有些时刻你会不再相信了，可在心底你
又会有所追寻，可你又还是豁出去去等待
去努力。在每一个追寻的过程中，有太多
的不可控，谁都不知道明天是天堂还是地
狱，你唯一能做的就是现在努力，跑不过
时间就跑过昨天的自己。
不惧怕黑夜，是因为心里有光。

当你还有青春的时候，
别　悔　恨　青　春

你总是在高中的时候怀念初中，大学时怀念高中，工作了怀念大学，青春时想着长大，老去了又怀念青春。等到很久以后你会发现，你经历的每个时期都是最好的，如果说真有什么遗憾的话，那便是在当时你没能好好度过。不活在过去，也不活在未来，活在当下最重要。

当得知《致青春》要被搬上荧幕的时候，我一点儿也不意外，仿佛在这个全民回忆的时代里，不隔三岔五出现这样的电影才奇怪。

然而电影是电影，生活是生活。

大丹看完电影哭得稀里哗啦，边哭边说："这他妈的才叫青春。"
我跟她说："你这样的，也叫青春。"
她白了我一眼，说："我怎么觉得自己的青春平淡得要死？"
我说："那难道就不是青春了吗？二逼，你的那些日子难道是假的吗？"

像郑微那样遇上陈孝正轰轰烈烈地爱一场，当然是青春。
像阮莞那样在青春的时候包容了一个错误的人，当然是青春。
像张开那样默默地爱着阮莞，甘愿做配角的青春，也是青春。
而你每天早上去图书馆占位，连着三个月遇到同一个人，而今天在你犹豫着要不要跟她打招呼时，她却对你突然一笑，这样的日子，毋庸置疑，也是青春。

你总有自己的生活，跑到别人的轨道上的火车，永远到不了你想去的目的地。

我相信生活中大部分情况，一定不是像郑微这样，更多的是像张开那样默默地暗恋一个人，从来没让那个人知道；或者是暧昧了很久，最后自己在那儿纠结得快要死掉了，却还是没能在一起。在很多电影里，这样的青春只是配角的戏份，而对于每一个身陷其中的人，却占据了所有戏份。平淡也好，轰轰烈烈也罢，都一样。

郑微在阮莞死去的时候说过一句话，她说生活不是只有感情。

青春更是如此，不是只有轰轰烈烈的感情，才算度过了自己的青春。有人把青春耗在暗恋里；有人把感情短暂地放到了一边，选择追逐梦想。每个人的青春千差万别，每个人都会遇到让你仰望的人，也会遇到自己想做的事。这些或许在别人看来根本不值一提，但对于每个身处其中的人来说，却都是实实在在的经历。

记得我在北京第一次和大家见面时，说的主题就是："当内心还不甘心的时候，就没到放弃的时候。"在这里想稍微改变一些：当你内心还不想放弃现在还坚持着的东西时，你的青春就还在，你就至少还没有老去。更何况，那些口口声声说着自己青春不在的人，明明正处在别人无比羡慕的年纪里；那些常常说着自己老的人，根本就没到老去的时候。

如果你问我青春和努力到底有什么意义，那么变成更好的独一无二的自己，便是青春和努力的全部意义。青春所经历的一切能带给你的，除了更从容的你自己，别无他物。而只有你足够从容地能真正面对生活的时候，你才会遇到一个跟你无比贴切的人。

其实你早就知道，你之所以不停地追忆以前，说着自己老了，只是因为现在过得并不像自己想象的那般。10岁刚出头的你、15岁的你、20岁的你，一定对未来充满渴望，觉得20多岁一定是个无比美好的年纪。只是现实常常不像我们想的那般，所以我们开始不想长大，开始不停地怀旧，沉浸在回忆里。

有时候回忆是会骗人的，一滴眼泪都能变成琥珀，再小的事附着所谓的回忆都能熠熠生辉。但其实经历的时候，也不过只是那样。总有一天你的现在也会变成将来的旧照片，怀念过去无法改变你的现在，永远要在现在制造一些将来回忆起来有力量的回忆，永远要现在努力。我们可以偶尔回头看，但总要向前走。如果一个人一直回头看，那么他的青春或许就真的不在了。

回忆到底是什么？我认为，回忆是一种力量。尽管有时它让你痛苦不堪，但在之后，你会从里面看到前行的力量。

当你还青春的时候，别悔恨青春。不是说你看了《致青春》，你的青春就也跟着消逝了。明明是20岁出头的年纪，却硬要以40岁的心态过日子。你在15岁的时候，明明最羡慕的就是现在你这个年纪。真的到了这个年纪，你又在哀怨些什么呢？如果你不把今天过得比昨天更有意义，那明天的到来又有什么用呢？

如果你在20岁的时候，不做一些能填满你40岁回忆的东西，那到了40岁你该用什么填补生活呢？

关于你的青春，你只能自己过，再多弯路你也只能自己走。轰轰烈烈也好，平平淡淡也罢，你都得自己走完。关于你的未来，只有你自己才知道，想要的东西只能自己去争取，冲破牢笼这件事情只有你自己能做。

电影明星约翰·巴里莫尔说过："人不会老去，直到悔恨取代了梦想。"以此共勉。

至少在悔恨取代梦想之前，我们还有足够的理由和时间继续向前。

当 你 还 有 青 春 的 时 候 ， 别 悔 恨 青 春

BGM: One Republic *Counting Stars*

为 了 什 么，
你 可 以 愿 赌 服 输

（我有年终总结的习惯，这篇文写给我的2012。昨天写日期写到2014的时候，突然一阵恍惚，时间过得真快。）

人生其实就是一场赌局。赌你的职业，赌你的将来，赌你的梦想能最终撑过现实，赌你的现实能压倒你梦想的躁动，赌你爱的人能最终爱上你，赌时间能让你忘记你曾经的爱人。关键在于，为了什么，你可以愿赌服输。

我记得我写下这段话时，是2012年的12月21日，正值传说中的2012世界末日。

其实那天一如往常，我起床看书、听歌、和朋友聊天，想着新书的内容，对着要交的论文发愁。隐隐约约有些期待末日，又莫名觉得如果真的是末日那就太可惜了。那时的我，刚交完新书稿，正在准备GMAT，经历了奥运会，经历了出版社风波，也经历了他国惊魂。虽然磕磕绊绊，但也终究是在向前走着。

如你所知的，世界末日没有来临，我们依旧好好地活着，或许我们自己都不知道自己有多幸运。那天我开始重新规划自己的生活，心想，连世界末日我们都躲过了，还怕什么。

我时常自我怀疑，觉得每天都是末日，觉得自己的未来一定到不了。可每天的早晨依旧如约而至，生活也没有被判死刑。有时候我觉得自己不再相信了，可又在心里保持着追寻。那时我觉得自己矛盾，如果不相信，那为什么还不放弃一些东西？如果很确定，那我又为什么不断地怀疑？

后来我才明白，大多数人都是在跌跌撞撞中成长，不停地自我怀疑然后最终坚定，不停地否定过去的自己，然后成为自己。那些告诉你从小他们就知道自己的梦想是什么并从没怀疑过的人，要么是天赋异禀，要么就是在扯淡。我们中的大多数，都在不停地修正自己的想法，不停地寻找自己的道路，时而撞得鼻青脸肿，时而摔得七荤八素，这一切都因为人生其实就是一场赌局。

你在赌你的梦想能撑过你的现实，你在赌你的现实能压倒你梦想的躁动；你在赌你能够忘记那个给过你一切然后把一切带走的人，你在赌你现在遇到的这个人是你的真命天子，赌你能和他过一辈子。

有人相遇了十天，然后闪婚了，过得很好；有人一起过了十年，还是分开了，痛苦不堪。有人在这一年实现了自己的梦想，春风得意；有人在这一年处处不如意，苦不堪言。这些都没关系，如果为了梦想，你愿意赌上你的时间，那就去赌；如果为了眼前的人，你愿意赌上自己的感情，那就去赌。只要你能为了梦想，愿赌服输；只要你能为了他，愿赌服输。

我在今年光棍节的那天写："也许让你行走一辈子去寻找的，只是一个可以随时把她吵醒而不用担心她生气，那个不管你是难过还是开心，即使不说话，也能默默陪在你身边的人。又或者说，不管身边的世界变成什么样子，你都不会那么在意，因为你已经看到了那个最珍贵的人。对于生命中每一个这样的你，一千句一万句感激。"

其实连我自己也不确定，我是不是真的遇到了这样一个人，但是我依然对每一次相遇都心存感激。

这一年，我开始我的间隔年，时隔四年多第一次在家里待超过两个月的时间。

想想之前的生活，我一个人住了四年。饿了就做饭，醒了就上课，无聊了看书，空闲时间还能写写专栏和做采访赚取外快。自以为自己可以把自己照顾得很好，却忘记了照顾好自己跟照顾好别人完全是两码事。我看似独立，实则依赖：依赖于自己与世界的隔绝关系。所以在城市里迷路也没关系，可以慢慢找路回家；所以手机没电了也没关系，可以回家再充也不怕有急事；所以每天熬夜通宵把身体弄到最累也没关系。

你要问我怀念这段日子吗，我会说怀念。但如果你问我还想不想继续过这样的日子，我会很肯定地告诉你：不想。原因很简单，我之前所有一个人的生活，都算是一种修行；我之前所有的寻找，都是为了在还没老去之前，能让自己以自己的能力照顾好自己。接下来，我想要好好照顾我的父母和我爱的人，不再让爱我的人为我操心。

不让人操心是最靠谱儿的品质。

这一年，我还遇到了很多很好的朋友，我的室友是个很会做饭的厨男，跟着他我学会了做不少菜。他也是个打工狂人，从下午4点下课打工到第二天凌晨4点对他来说是家常便饭。有一天我为了考试背单词做题到凌晨3点回家，才发现他还在打工没有回家。跟我同系的一个女生，毕业典礼的时候只有她一个人，她爸妈在国内没有来，我问她不会觉得遗憾吗？她说没关系，想给家里减轻点儿负担。同系的另一个男生，换女朋友的速度跟换衣服一样，直到有一天他才说，他无比痛恨现在的自己。

你永远无法评判一个人，因为你没有经历过他的人生。

有时候觉得世界小得很可怕，有些你不想让别人知道的事情传播的速度很快，你永远不知道那些讨厌你的人会在背后怎么评价你；有时候又觉得世界大得很操蛋，失去缘分的两个人，哪怕原来再亲密，也没有办法再见面了。但是，被曲解被遗忘，那都是别人的事。在年轻时，无论爱恨，都要用力生活。

我曾经有很多梦想，很多。梦想成为警察，梦想成为律师，梦想成为科学家……小时候总梦想成为很酷的人，有很酷的职业。长大了一些，发现自己不是那块料儿，还是当个善良的人就好。再长大了一些，发现从某种意义上做个善良的人，比做科学家要难得多。再后来，我就想做个温暖的人就好，做个能不让小孩子讨厌的人就好。然后，就到现在了。

去年的我还在不一样的城市，有跟现在不一样的心境，背着跟现在不一样的包。不管你相不相信、察没察觉到，改变早就发生了。你现在听的歌、看的书、去的城市、接触的人，你现在的纠结、挣扎、苦逼、痛苦，会慢慢地堆积成你未来会变成的样子，会慢慢地变成你想要的那个未来。

这么些年来，自己最大的收获倒不是什么别的，而是忍耐力。这不是一味忍受，而是以前觉得会让自己倒下的，现在可以坦然处之；以前觉得过不去的，现在觉得没什么；以前不停抱怨的，现在会接受然后努力；以前无法应对的，现在能很好应对。你知道未来或许会很糟，但你不再不安，你知道这些都能过去。

成长的另一方面就是不再期待运气。每月的开端你都期待新开始，生活能对你好点儿。但生活其实都一样，糟糕的依旧糟糕，重要的是你怎么度过这段糟糕的日子。你可以不安焦虑，也可以坦然平静。尽力去做一些事，就当运气从来不站在你这里。宁可心服口服地败在运气上，也不要心有不甘地败在努力上。

今天看到有人在我的微博上回复："原来我们还是有2013年啊。"不由得想起之前世界末日传得沸沸扬扬的时候，自己也曾经脑补过世界末日的情景。

没有末日，只是也没有奇迹。你还是每天规律地上下班，挤着永远不准时的地铁，困在一潭死水的人生里，变成自己不喜欢的那种人。你隐隐期待末日，为自己找一个逃离的借口。别傻了，不喜欢现在的自己，只有拼命去改变，只有马上行动起来，因为这个事情只有你自己能做，你没有任何借口，只有你自己能找到出口。

既然2013已经如约而至，既然地球没有毁灭，那就继续用力地活下去吧。

我 始 终 相 信
努 力 奋 斗 的 意 义，
因 为 那 是 本 质 问 题

生活这东西，大多情况都是守恒的。如果你不劳而获了什么东西，大抵
在某个时刻都会以别的形式还回去；如果你现在正在下坡运气很差，下
个转角或许就会上坡，潮落之后就会有潮起。更多时候努力不仅仅是
为了得到想要的，也是为了得到时可以心安理得：这就是我应得的，I
deserve it。

（一）

在从北京回家的动车上，偶然听到邻座的姑娘边哭边打电话给家人，她说："妈，对不起，本来说好了赚钱了才回家的……"她整个人蜷在座位上，声音里满是压抑不住的哭声，"但是我尽力了，妈，我不后悔。"

她打完电话，不好意思地冲我笑笑。我只是想，一个人要多难受，才会在动车这种公共场合压抑不住自己的难过。

联想起之前在人人网看到的一篇文章，有人说他始终不相信努力奋斗的意义。然而努力的意义，到底是什么呢？真的只是为了赚钱，或者是为了社会所认可的成功吗？

如果是这样，那我也不信。

我只是突然想起我日夜颠倒的死党——Tim哥。

他是学设计的，我想认识我的人都会知道他。某天晚上，他给我发来他给我做的封面设计，还没等我给评价，他就说："不行，我还得再改改。"其实我觉得已经很不错了，让我这个呆逼画一辈子都画不成那样，可他就是不满意。第二天中午他把改好的设计给我看了看，然后他突然叹了口气。

"你说，我们这样日夜颠倒，忙得要死，到底是为了什么呢？"他问我。

那时我还在写《你要去相信，没有到不了的明天》，想起里面的一句话，大意是：我们之所以漂泊来漂泊去，都是因为我们愿意。为了什么？其实我们都是为了自己。

就像那个跟我萍水相逢的姑娘打动我的那句话："但是我尽力了，妈，我不后悔。"

世上有很多事情你是做不好的，天赋决定了你的上限，你做不到那么好。但是人一辈子要做很多事情，能够不后悔的人又能有多少？

不知道为什么最近出现了很多文章说不相信努力的意义，然而这对于我来说似乎从来不是问题。努力从来不等于成功，而成功也从来不是终极目标。那些终极的梦想，其实是很难以实现的。但在你追逐梦想的时候，你会找到更好的自己，沉默努力充实安静的自己，你会因为自己做的事情而觉得充实。

天赋决定了你的上限，努力决定了你的下限。但很多人根本就没有努力到可以拼搏天赋，就已经放弃了。

（二）

我始终相信努力奋斗的意义，因为那是本质问题。

我的朋友曾经问我："如果有一天你的梦想始终没有实现，你会不会觉得很可怕？"

我对他说，没什么好可怕的。

他看着我说："即使那些努力都没有回报？"

我觉得努力就是努力的回报，付出就是付出的回报，写作就是写作的回报，画画就是画画的回报，唱歌就是唱歌的回报；一如我的死党所说，虽然每次觉得很累，但当看到自己作品的时候，心里的兴奋和激动没有任何一样别的东西能够代替得了。

如果你的努力能让自己做自己喜欢的事情，那为什么要放弃努力呢？如果人能够做自己喜欢的事情，谁说这样不是一种回报呢？

这也是我这么多年漂泊他乡学到的东西，这里的人总是活得很潇洒，至少不那么在意别人的眼光。他们会在街道上大声歌唱，也会在道路上涂鸦让人驻足。我相信，任何人，不管他是大人物还是小人物，只要做自己喜欢做的事情，就一定是开心的。只要为了自己想要做的事情努力，那就一定会感到充实。相反，如果你的努力是为了你不想要的东西，那你自然而然地会感到憋屈和不开心，进而怀疑努力的意义。

这是一件特别自然的事情。

如果你的努力不是为了自己喜欢的、自己想要的，那么请停下来问问自己是不是太急躁了。

（三）

曾经在山区里看到过天真无邪的孩子们念书的情景，正如那些文章所说，这些孩子也许将来只能接过父母的活儿，在山区里继续他艰苦的人生。然而他们却比很多比他们家境好的人快乐许多，因为对于他们来说，念书就是念书的回报。也曾去过非洲，见过太多穷到无法想象的家庭、太多连活下去都成为问题的孩子，但我却见到了迄今为止最灿烂的笑容。

在北京漂着的哥们儿跟我说，他也许这辈子也无法逆袭，也许那些高富帅不需要怎么付出也能做出好成绩，但他还是决定继续漂泊，做一个奋斗的屌丝，他觉得这样值得，失败了也不会有借口，也算是给自己一个交代。

你说登山的人为什么要登山？是因为山在那里，是因为他们无法言说难以满足的渴望。

为什么明知道梦想很难实现还是要去追逐？因为那是我们的渴望，因为我们不甘心，因为我们想让自己的生活能够多姿多彩，因为我们想给自己一个交代，因为我们想在我们老去之后可以对子孙说："你爷爷我曾经为了梦想义无反顾地努力过。"

你不应该担心你的生活即将结束，而应担心你的生活从未开始。

就像我的基友说的，谁都想要过牛逼的生活，想旅游、想买很多东西、想放空，没人喜欢一直累、一直奋斗。但不是说累了就能辞职，烦了就能不做，想逃就甩手去旅行。人在能吃苦的时候多少都要选择吃苦，选择充实自己，把旅行当作你之前辛苦的奖励而不是逃避。用心做好手头的事，这样你在放松的时候才能心安理得。

没什么，只是为了那份心安理得。

（四）

九把刀在书里说过："有些梦想，纵使永远也没办法实现，纵使光是连说出来都很奢侈，但如果没有说出来温暖自己一下，就无法获得前进的动力。"

人为什么要背负感情？是因为只有在人们面对这些痛楚之后，才能变得强大，才能在面对那些无能为力的自然规律时，更好地安慰他人。

人为什么要背负梦想？是因为梦想这东西，即使你脆弱得随时会倒下，也没有人能夺走它。即使你真的是一条咸鱼，也没人能夺走你做梦的自由。

或许随着之后的无数次碰壁，我会对现在的自己嗤之以鼻；但至少现在的我，还没到放弃的时候，还没到变成那个我的时候。选择是对是错无法预料，或许以后我会否定现在自己的想法。所以趁着现在，就得赶快跑。

我常说，你是什么样的人，就会听到什么样的歌、看到什么样的文、写出什么样的字、遇到什么样的人。你能听到治愈的歌、看到温暖的文、写出倔强的文、遇到正好的人，你会相信"温暖""信念""梦想""坚持"这些看起来老掉牙的字眼，是因为你就是这样的人。

你相信梦想，梦想自然会相信你，千真万确。

然而感情和梦想都是特冷暖自知的事，你想跟别人描述吧，还真不一定能描述得好，说不定你的一腔苦闷在别人眼里显得莫名其妙。喜欢人家的是你又不是别人，别人再怎么出谋划策，最后做决策的还是你；你的梦想是你自己的又不是别人的，可能在你眼里看来意义重大，可在他们眼里却无聊得根本不值一提。

在很大一部分时间里，你能依靠的只有你自己。所以，管他的呢，管别人怎么看，做自己想要的，努力到坚持不下去为止。

我之所以这么努力，是不想在年华老去之后鄙视我自己，是因为我始终看得见自己。

因为我想给自己一个牛逼的机会，趁自己还年轻，因为我必须给自己一个交代。

因为我就是那么老掉牙的人，我相信梦想，我相信温暖，我相信理想。我相信我的选择不会错，我相信我的梦想不会错，我相信遗憾比失败更可怕。

当你追逐梦想时，这个腹黑的世界会制造很多困难来阻挡你，现实也会捆住你的手脚，但其实这些都是不重要的，重要的是你自己有没有决心。闭上眼睛，听听自己的内心，与昨天看到的日志不同。我始终相信努力奋斗的意义，因为未来的你，一定会感谢现在努力的你。

越努力越幸运，而我用时间换天分。

我始终相信努力奋斗的意义，因为那是本质问题

有 时 候 你 必 须
硬 着 头 皮 朝 着 你
坚 持 的 东 西 走 下 去

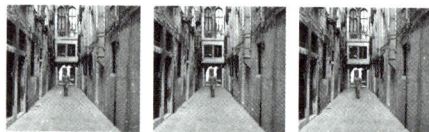

有人喜欢你，有人讨厌你；有人给你贴上标签，有人对你嗤之以鼻。以前碰到摩擦一定会反驳，如今发现偏见远比想象的更根深蒂固。委屈自然有，难过或许也会有，不被理解更是常事。不要解释太多，言语无法改变任何人的看法。他人是爱是恨都好，选择一种生活方式，按照你想要的方式把自己变成无可取代的样子。

（一）

前不久收到学弟的微信，问我早上起不来床怎么办。我第一反应是想告诉他当时我起床的办法——定上十个间隔五分钟闹钟，每个闹钟都用不停的铃声。而后发觉这样告诉他没什么用，闹钟归根结底只是提醒你时间的东西。

其实如果真的想考研，你不会在早上起不来床，你没有动力归根结底是因为你没那么想做那件事情。所以在你早上起不来床的时候，你要做的不是找100种让你起床的办法，而是想想你究竟有多想要做考研这件事。

突然想起之前考研的日子，早起晚睡，除了吃饭做题，就是做题吃饭，每天再加上两集《老友记》。现在还会觉得空气稀薄，仔细想想这些年我半途而废过很多事情：钢琴练了没多久放弃，画画亦如是。学吉他是为了泡学妹，自然又没坚持多久；说好去看的演唱会也因故放弃。说来奇怪，对于大多事情无法坚持的我，却也度过了无比稀薄的两个半月。

很多时候我都觉得厌烦得难以继续，却又不得不佩服人的忍耐力。一旦投入，再"无趣"的事情都能找到坚持下去的理由。

（二）

之前在北京签售的时候，听朋友说起她的朋友——在家里工作了一年多突然决定辞职，跑到首都变成了大龄北漂女青年。她带着自己的积蓄，准备做歌手。在北京，做歌手梦的人多如牛毛，出头的寥寥无几。机缘巧合，我们三个一起去看了一场音乐剧：我朋友本应是音乐剧中的一员，碍于没有时间只得放弃。

我们先到了后台，看着她和每个演员打招呼，看着每个人都认真地做最后的准备。演出开始时我才发现观众席连同我们仨也只有十个人。这部音乐剧已经连续演出了两个多礼拜，听说前两天人更少。我不知为何替他们尴尬，后来看到他们忘我又精彩的演出才暗自骂自己的想法是多么可耻。根本就没什么好尴尬的，有人看自然最好，没人看也会坚持到底，投身于演出的人，是根本不会想到有尴尬这个情绪在的。他们满脑子想的都是怎么表演才好，怎么说台词才有感染力。

当你投身于你的梦想的时候，你满脑子想的都是怎么做才是最好，根本就没有时间去不安。
那天我们聊起那个姑娘之后的生活，她也皱着眉头说之后的日子要苦逼了，要是什么都混不出来就这么回家了才是真正的丢脸。但是每次半夜想着自己曾经的梦想，就觉得不安，连饭都吃不下。

后来签售的时候她也来了，那时我想到一句话：唯有梦想才配让你不安，唯有行动才能解除你所有的不安。

（三）

我的间隔年前不久结束了，就像我之前说的，同大多数人到处旅游不同，我的间隔年结束得如同开始一样平淡。但我多少还是学到了一些东西，那就是你必须找到自己的活法。如果旅行对你有用，那你就去，但不要因为别人都去就去。

如果你觉得考研是你真的想做的，那就去考研，但不要因为仅仅听别人的建议就走上这条道路。

任何一条路，但凡你想要走得很远，总会遇到很多困难。

我知道我们都到了这个年纪了，我们必须选择一条路往前走。很多人都不知道应该怎么选择，老实说在很长一段时间内我都不知道该怎么选，所以我做的便是把我身边的每件小事做好，后来我突然发现或许我在表达故事、描述文字方面可以做好，并且自己也喜欢这件事情，于是我就开始做这件事情。

任何一件事情，在你做的时候你是没办法知道未来会发生什么的。只要你还在往前走，你就没办法知道前面等待的到底是什么。你只有走过去回头看的时候，才能明白你走的是什么样的路。我也常吐槽或者怀疑，但后来我明白，代价不代价、成果不成果这种事情，只有走到最后的人才有资格去定义。

一件事的定义是什么，那是你自己下的。但是在你有能力对自己做的事情下定义之前，你得保证自己有足够的力量去定义那些。

最要好的两个死党一个进了银行开始吐槽加班多、工资少，一个开了工作室刚起步什么单子都得接导致睡眠时间急剧减少，他们都走向了自己的路，大步迈向自己选择的路。

我们必须硬着头皮朝着自己坚持的东西走下去，不管是上班、是开工作室，还是继续读书，我们都必须走下去，才能对得起自己的选择。想要写书就开始好好读书写稿，想要考研就从做题背单词开始，想要旅行就从订车票、订机票开始。你无暇评判别人的生活，也不要让别人评判你。你有你的生活方式，上班也好旅行也罢，别人看来是好是坏随便他们，你只需要把这条路走下去。

（四）

随便怎样都好，如今我又开始了学生生活。很多人都问我为什么还选择回来，让之前的签售和演讲戛然而止。一方面我觉得自己还不够强大，还需要在各方面充实自己；另一方面我很想知道在经历了这么多之后，我比之前强大了多少。

上面说过"说来奇怪，对于大多数事情无法坚持的我，在某些事情上却固执得很"，现在的写书和读书，就是某些事情，我半途而废过太多事情，所以在这些东西上，我要把之前所有的半途而废都弥补上。我偏偏天性是个喜欢用力生活的人，要么滚回家去，要么就拼。所以在向世界认输之前，我绝不放过任何挑战它的机会。

人长大的标志就是试着听从自己内心的声音，而不去在乎外面的声音。等待和拖延是世上最容易压垮一个人斗志的东西，犹豫不决则是你最大的敌人。能看书就不要发呆，能睡觉就不要拖延，能吃饭就不要饿着，能亲吻就不要说话，能找到自己想做的事情就不容易了，青春得浪费在美好事物上。

而你必须习惯人来人往，有人不由分说否定你，有人跟你同行最终分道扬镳。很多年后你回忆过去，一定会把很多都忘了，唯一能证明你存在的只有你曾经用力走过的路。

这条路上你注定会孤单一人，你必须走到底，才对得起你经历的磨难和挫折。当你下定决心无论如何都要坚持到坚持不下去为止时，才有资格任性。

*Lose Yourself*这首歌是我永远舍不得换的，最后一句歌词献给所有在路上的人："You can do anything you set your mind to, man."[1]

---

①你可以做任何你想要做的事，只要你想要做。

有时候你必须硬着头皮朝着你坚持的东西走下去

BGM: Eminem *Lose Yourself*

有些作死拦不住，
那就作到死。
死透了，也就甘心了

世上最难受的感觉就是不上不下被卡在当中，想做一件事又没办法把它
做彻底。要么干脆不开始，转移自己的注意力；要么就尽力去做，失败
了也要把心死透。哪怕有些是作死，一旦开始就作到死，死透了才能真
的放手。要么别作，要么死透，最忌讳的就是心痒痒又放不下。像没退
路一般开始，像愿赌服输一般结束。

（一）

还是去年的事，某个周一我去上海找小伙伴。

小伙伴带来一个学妹，说是无论如何要见我一面。学妹见到我，开口就是"叔"，吓得我直接把嚼到一半的牛排吞进了肚子。我赶紧摆摆手："我和你学长一样大，可比你大不了多少，千万别叫我叔。"

学妹忽略了我，说："叔，你能帮我个忙吗？"我说："可以，但是别叫我叔……"
学妹忽略了我，说："叔，你能帮我签名吗？"我说："可以，但是别叫我叔……"
学妹忽略了我，说："叔，你能多写句话吗？"我说："可以，但是别叫我叔……"
学妹忽略了我，说："叔，用这只笔。"我："……"

那天我摇身一变成了"浩叔"，学妹说起这本书是给她ex（前男友）签的。她说她ex很喜欢我，就想让我签本书给她ex，让我帮忙写句话。我当时想问："你觉得你们能和好吗？"但学妹接下来一句话让我彻底打消了这个念头。

后来也是机缘巧合，其实我也不知道是不是自己瞎对号入座。有个陌生人给我留言说收到了我的书，特别感谢我能给他签名。他说自己会找到那个人，也希望我一切都好。

那姑娘让我签的话是："愿你找到那个可以让你觉得温暖、可以陪你到世界尽头的人。"而那句让我打消开口念头的话是她的自言自语："虽然那个人不是我。"

我无从知道那个姑娘的名字，也不知道他们之间的故事。亲爱的陌生人，如果你看到了这个故事，请原谅我擅自把它写了下来，希望你们一切都好。

（二）

去年的圣诞节我要考试，所以朋友的聚会我能推则推，直到……包子说了句他请我吃鸡排。
没办法，我就是这么有原则的人，食物在哪里，我就在哪里。

于是我和包子还有一众小伙伴在咖啡厅里见了面，我一边啃着鸡排，一边喝着红牛，对自己说豁出去了大不了熬个通宵。我正吧唧吃着，身边的声音突然尖锐起来，当时我沉浸在食物中没发现事情的起因，等我咽下最后一口鸡排，才发现我们这群小伙伴里的一对情侣在吵架。

本来只是很小的口角，到最后却越吵越激烈。姑娘是暴脾气，桌子都差点儿被她掀了。她说："你走不走？你不走我走。"男的撇撇嘴，拿起包转身就走，把门用力一摔扬长而去。

作为这次聚会的发起者，包子过意不去，站起来就想去追。姑娘镇定地对包子说，让他走。这句话表达出来的态度愣是让这个160斤的小胖子没敢再迈出腿。

接着她一口气点了三份意面、三杯橙汁，胡吃海喝起来，把我们几个看得目瞪口呆。我们想劝，但谁都劝不住。也不知道她吃了多久，突然间停了下来，冲到洗手间干呕，接着痛哭失声，整个咖啡厅都能听到她的声音。

包子说："算了，随她去，难受着难受着就没事了，哭着哭着就好了，你们想想我失恋的时候。"

（三）

包子失恋的时候，做了件让陌生人点赞而我们觉得他傻×的事情：他一个人跑了很多地方，收集各种明信片，匿名寄给他ex——真是一个恶俗又清新的桥段，直到后来我们知道那些明信片一张都没有寄到。

我们几个有一次问："要是你们之前约好要去国外，那你也去？"
包子点头说："去。"
我说："你他妈的怎么这么执迷不悟？"
包子说："我就是执迷不悟怎么了？有些死现在不作，就再也没机会作了。"

我无语，觉得包子居然他妈的变成了哲学家。

我出第二本书的时候，我的好基友也出了他的第一本，他在扉页上面写"致××"。这是他一直以来的志愿，也是他作的最大的一次死。

因为这事他和编辑吵过，而他们在他还在写书的时候就分手了。

那之后我问他是什么感觉，他摇摇头说觉得没什么实感。那时我正在帮他填快递单，他曾经说过出书之后要送十本给她。就当我写好快递单准备把书装进去的时候，他突然间说了句"算了"，然后把快递单撕了。他说以前他老觉得自己写书这事是为了她做的，现在才明白，打从一开始他做这件事，就是为了自己。

有些事情，你会去做，在当时你以为是为了对方、为了和好，但后来你发现，你是为了给自己的那段感情画个句号，否则你永远逃不出来，你永远放不下。所以我明白了那些我看来无法理解的事、那些外人看来永远觉得傻×的付出，那不是为了别的，是为了过自己那关。

（四）

在没明白一些事之前，人总是作得一手好死。明明知道对她好没用，还是做这些；明明知道糟蹋自己不对，还是喝醉；明知道哭是最没用的事，还是哭；明知道看以前的东西会难过，还是手贱；明明平时自尊心比谁都强，还是要低声下气。

喝多了还是拨那个号码，说一大堆掏心掏肺的话；听一句话都能拐十八个弯想到他，一首歌都能把你戳得浑身疼。你舍弃自尊，你伤害自己，总以为能换来一些。其实你知道，真不喜欢你的人，你再怎么作死，也没办法把他拉回来。最后事实给了你一巴掌，对你说，你傻×。

失恋的理由有无数种，爱的那个都是失魂落魄。不甘心成为主旋律——"我哪里不好""我做错了什么""凭什么说忘就能忘"，心里想的嘴上问的大多如此。所以在甘心之前，他们会用作死来衡量自己的极限。做那些旁人看起来无比蛋疼的事，想拦都拦不住。对于他们来说，不做完这些事，就没办法死心。

哭，总会哭够的。不厌其烦地对她好，又不出意料地每次失望，这种失望，总会有天让你自己都觉得不能再这么下去。哭过了疯过了，就好了。糟蹋了，自尊都没了，也就没办法更糟了。有些作死你是拦不住的，作着作着就发现自己早就死透了，死透了就甘心了，甘心了就放下了，也就能给这个故事画个句点了。

如今失恋，都不像从前。因为都傻×过，都作死过，都明白聚散都是平常事，强求不来。每个人都变得比以前成熟，都知道，对未来的自己，也是对未来可能遇到的人最好的礼物，就是变得更坚强，更懂得珍惜。作死作完了，能对曾经的自己说声再见了，你就该重新起程，为了接下来路上会遇到的人，更为了你自己。

都知道，有些事情，你要有心让它过去，它总会过去的。

把往事下酒，把青春写成歌，把故事放到前一页，偶尔回头翻一翻，你还有接下来的许多页要去写。干了这碗酒，唱了这首歌，继续向前走。

有些你宁折不有，那我宁折到死，死透了，也就甘心了

路 还 长 ， 天 总 会 亮

嘿，那成长的路上，你会遇到下雨天，会被雨淋；你会得到一些，然后失去；你会追寻梦想，然后跌倒。路总是曲曲折折，我很想帮你一起走，可没办法我们都只能自己把属于自己的歪路走完。累的时候，回头看看，我们都在这里陪着你。为你把身后的路点亮，让你回头时能看到我们，我想这就是我能做的。

在说这个故事之前，我需要先深吸一口气。

韩大丹和她的ex是在人人网上认识的，他们同校，但不同校区。两人就开始有一搭没一搭地聊天，也就慢慢有了好感。2010年底这两个聊了两年的人才第一次见面，顺理成章地在一起了。

只是这一年的韩大丹，已经在墨尔本开始第三年的生活。而她的ex，她叫他鱼先生，也即将要去美国。在一起才十天，鱼先生就回了法国。

那时韩大丹一脸甜蜜地给我们透露她恋爱的消息，我们还开玩笑打赌说，两个月之内肯定分手。后来韩大丹说，如果真的两个月就分手了，或许就没有后来的那些事情了。

大丹是一个特别招人喜欢的姑娘，性格也讨喜，追她的人虽然没有多到那么夸张，但也没怎么断过。她之前也谈过两次恋爱，但都没什么感觉，就是觉得对方对她挺好就在一起了。我们认识已经很久，小伙伴们一致认为大丹在恋爱上就是少根筋。

谁也没想到，这个以前对恋爱从来不上心的姑娘，一下子就陷了进去。

我常认为，或许世上什么事情都是守恒的，你无故得到的一些东西，到了某个时刻就会还回去；而你失去的那些，也不一定就是真的失去了，或许会以别的形式回归。出来混总是要还的，做事情是这样，感情有时候也是的。所有别人对她的好，她一下子都还给了她的鱼先生。

那阵子她老给她的ex写信，即便现在已经是高科技时代，即便他们的距离必须得漂洋过海。每次回家时她都会去信箱查看有没有信寄到，每次写信的时候她都会一笔一画写得很认真。他们总是电话不断，就连我去她家找她玩的时候她的电话也不挂。有关这一点，我们到后来都习惯性忽略，连吐槽的欲望都没有了。

那时候，他们连睡觉的时候，Skype也开着。

对于那时深陷其中无法自拔的韩大丹来说，别人反对不看好什么的都无所谓。人一旦开始依赖起一个人，就会渐渐失去自己的重心。如果你赌对了人，那么恭喜你，你可以轻松地过接下来的日子，但相应的风险就是，那个人一旦离开，你就没有了自我。

都说恋爱的人是盲目的，对于一个刚陷入爱河、以前没有受过伤的人更是如此。她觉得只要他在身边，再辛苦再困难她都能坚持下去，再多问题她都可以忽略，因为喜欢。

那时他们有说不完的话，在一起很开心，就连见到我们的时候都是笑着的，三句话不离她的鱼先生。那时候他去西班牙巴塞罗那做交换生，韩大丹愣是每天吃泡面不买化妆品省下了一笔钱，去欧洲和她的ex生活了一个多月。去了很多地方，去了很多国家，那时候她说："我特别喜欢两个人在一起不说话也不会尴尬的状态，太棒了。"

她想以后就是这个人了，所以对于未来的蓝图，她都把他加了进去。那时候她想的都是以后不管是在美国、在澳大利亚、在中国，还是哪里，她都无所谓。只要他在，她就会在。因为对于她来说，有他在的地方才是家，因为那里有她爱的人。

接下来的剧情，急转直下。

去年6月暑假，本来说好他会来澳大利亚看大丹，因为他们说好一人一次，这次她去他那里，下次他来她这里。但因为种种原因，她的ex一直没来，大丹二话不说考完试就飞回了南京去找他。两个人有点儿小摩擦的时候，一见面就没了，谁都不去正视那个问题，总以为问题会随着时间消失。

那时候大丹见了他的父母，她也带他回家见了她的爷爷奶奶。那时她觉得一切都顺理成章，但谁知道后来两个人之间的矛盾越来越多，而且越来越细致。到后来因为小事都能吵起来，我自然无从知道他们俩吵架的具体理由是什么，但后来有次吵架，大丹在气头上就推了他一下。一个大男人被女人推一下其实没什么，女人力气能有多大？但她的ex反手就给了大丹一巴掌。

我们知道这件事情的时候，都他妈的想抄起家伙立马把她所谓的鱼先生痛打一顿再说。打女人还他妈的是男人吗？可大丹一直说没关系没关系，我们也就没说什么。

那天被打了一巴掌之后的大丹，瞬间就耳鸣了，听不见了。她说现在回想起来她还觉得后怕，因为她想不到一个自己付出了那么多的人，会这么用力地扇她巴掌。这个时候的大丹已经完全失去了自我，如果是平时的她，她一定会转身就走，这样的男人要什么？可是习惯和回忆淹没了她，她做了件特别没自尊的事情：跪下来求他别走。

请允许我再深吸一口气，来阻止我骂娘的冲动。

无论如何都不能一次次降低自己的底线，对梦想、对爱情都不行。一旦你降低了原本你视为原则性的底线，你就会发现能放弃一些其他东西，以后就会放弃更多。可怕的不是失去了那个人，而是自己背叛了自己。这如同慢性毒药，有些东西在你第二、第三次降低自己底线的时候，就已经彻底改变了。

后来他陪大丹去鼓楼医院看急诊，医生说可能是耳膜穿孔，但是也不确定。大丹也没管，那时就觉得只要他不离开就好。过了两天她还是听不见，就自己又去医院做耳内镜，那时她才知道真的是耳膜穿孔，就是被打的。

她那时根本不敢和家里说，还一个劲儿地安慰自己，对自己说没什么。发生打架事件的后几天，也就是大丹要离开南京的那几天，他也一直和她在一起。直到最后一个晚上，他没有陪她，而是陪朋友出去喝酒。她一个人收拾完箱子，等着他回来。

你大概也这么等过一个人，你不知道他会不会回来，随着时间的推移，你觉得越来越渺茫，可你又不愿意放弃希望。

最折磨人的等待不是你在机场等一艘船，因为你终究会知道你永远等不到；也不是在餐厅排队等号准备点餐，因为你知道这只是时间问题。最折磨人的、最无奈的等待莫过于你断不了念想却又不确定它能否发生，就像是每次你燃起了希望却又被雨水浇灭，总是给你一点儿阳光让你忘记带伞却又给你倾盆大雨。

我不知道大丹被大雨淋了多少次。

后来他还是对她说了分手。大丹其实到现在也没明白，既然要分开，为什么最后那几天还要陪着她。可能他只是怕麻烦，可能他只是在等大丹走，那时大丹已经回了澳大利亚，距离远了也就远了。

分手以后，她天天魂不守舍的，不习惯自己一个人，就想去找他。每次他都是爱搭不理，很冷淡。她身边也开始出现别的男生，她觉得自己该走出来了，可是和他们在一起的时候，就是没有和她的ex在一起的那种感觉。大概过了三个月，大丹知道她的ex有了新女友。

我无法形容她那时的情况。我也是到今天才知道，大丹那阵子白天上课的时候都没事，上课上班和朋友在一起，开开心心。可晚上一到睡觉前，以前的回忆就全部冒出来，然后她就一个人躲在房间里哭。天天如此，一直哭，哭累了就睡觉，一直处于自暴自弃的状态。

揪心的故事，到这里终于要完了。

我不是她，我无法知道她那阵子是怎么走出来的。

每个人都得犯个傻、作个死、纠个结、自个卑，才能明白所有大道理都没用，轮到自己时就会一股脑儿扔身后。但你也会在犯个傻、作个死、纠个结、自个卑，做了无数蠢事之后，踏着曾经犯的傻、作的死走过你人生的红绿灯。这时你回头看，曾经的作死也不再面目可憎，而以后再碰到红绿灯你都不会害怕了。

感情里最忌讳的，大概就是一味迎合。踮起脚爱一个人，总有一天会累的。无论如何，都不能在感情里失去自我。一个连自我都失去的人，别人又来爱你什么呢？越是想要走得远、走到终点，就越要保持自己。两个人在一起，最重要的是互相吸引，你得保证自己身上有他喜欢的东西，千万不能把那些东西丢了。

取悦他人永远比不上取悦你自己。

如今的大丹已经彻底走了出来，讲起这些往事的时候像是在讲别人的故事。我突然想到她那阵子和我说的，她最感谢的就是她身边的朋友在她最坏最差劲最低落的时候始终没有抛弃她，在她的身边陪伴她一起度过。

那时她说过一句话："如果我玩得太疯走得太远了，你们记得叫我一声，别让我找不到回家的路。"

如果你有一天觉得世界末日到了，觉得天塌了，请记得你身后一定有朋友、家人还在等着你。再黑的天也总会亮，再难过的故事也总有到头的那天。往后的日子，你终究会明白，一个人总要时不时地拉自己一把。下雨了就撑伞，天黑了就开灯，找不到回家的路的时候，回头看看。

我们都在这里等着你。

路 还 长 ， 天 总 会 亮

BGM： 逃跑计划《夜空中最亮的星》

天 生 笨 拙 ，
就 用 坚 定 去 补

不管什么东西，只要是不劳而获的，我都觉得不真实，随时都有失去的可能。倘若我侥幸获得一些什么，我就会拼命让自己去配上自己所得到的。大概我天性笨拙，所以才会如此，即使知道有些不必要，但依旧去做

2012年传言中世界末日之后的一天，老陈在微信里和我说，其实我们蛮幸运的，没有遇到什么天灾人祸，也没遇到什么太坏的人渣，一路遇到的人都挺善良，回头想想很多时候都觉得后怕，但也顺利地过到现在了。

我说："前两天你不还非常期待世界末日吗？"

老陈哈哈直笑，说："那可不，是真的也好，至少大家都在一起面对。不过幸好是假的，不然肯定觉得可惜。还有那么多美食没吃成，怎么可以就这么挂了？"

转眼就到了2014年，我却始终记得老陈的那句话：其实我们都挺幸运的。因为幸运，我们还能有时间去考虑梦想和感情。

所以我绝对不能把这份幸运浪费掉。

很多人都问我，要怎么才能变成自己想要的样子，一辈子到底什么才是最重要的。老实说我不知道，因为我不知道自己想要的还会发生什么变化，我也不知道一辈子接下来还会发生什么。只要你还有明天，你就会有迷茫和不确定。你永远不知道明天会发生什么，你今天做的一些事情，可能要到很久以后才会发现它的意义。

如果说我们真的能做什么的话，也就只有把自己选择的道路贯彻到底了吧。

忘了是哪年，我在机场买了本书。书里有一段我记忆犹新，大意是说作者每次坐飞机的时候，很少会去调整座椅靠背，哪怕她前面的人把座椅靠得很后。每次实在难受或者没办法必须把座位调后的时候，她心里都一阵纠结，总觉得自己侵占了身后的人的私人空间。

书的名字我已经忘记，不知道你们有没有人知道，我对这段却一直记得。之前我觉得活得这么别扭的人，大概只有我一个了，没想到居然在书里找到了和我一样的人，像我如此笨拙地活着的人。

那时候我突然觉得，笨拙的人一定也能找到属于自己的活法。或许正是因为笨拙，所以才能真的坚持一些东西。

从一开始我就知道，我就是如此笨拙的人。小时候就不会说好话去得到自己想要的玩具，明明知道该怎么说可就是觉得别扭；大了些又庆幸超市是个无比伟大的发明，你不需要和太多人打交道就能买到自己想要的东西。

我的大学时代，是在两点一线和偶尔的旅游中度过的。在朋友开始为了未来积攒人脉的时候，我始终觉得只有把自己变成有内容的人，才能有那样的朋友圈。在大多数人忙着结婚、开始相亲的时候，我依旧觉得没有到将就的时候。大多时候我看着身边的朋友都慢慢安定下来，我也会想自己到底在坚持什么。老实说我自己也不知道自己的执拗是从哪里来的，大概是因为只有这样我才能感受到自己吧。

能自己做的事情我绝对不想麻烦别人，也不是因为难为情，就是觉得每个人都有自己烦心的事，能少给别人点负担就少给点儿。绕了很多路，也学不会取巧。我从来不觉得这是好事，事实上在某些场合我已经可以权衡利弊地做一些事情，但到了自己的生活中，我依旧是那个学不会取巧的笨拙的自己。

我自然也没有什么牛逼的天赋，很多东西只有自己明白自己是通过什么样的积累才走到现在的地步的。很多人不需要太多准备就可以有神来之笔，对于我来说即使是偶尔出现的神来之笔，也经过了无比漫长的积累。

什么事情只求心安理得，从来不想求其他更多的东西。

爱一个人的时候常不知道怎么表达自己，有时想制造浪漫又笨拙得不得要领，喜欢一个人的第一要领还是希望不会给对方造成负担。想学吉他却总是学不会，想画画却发现怎么也画不好。到后来我才明白，这就是我的一部分。笨拙也好，聪明也罢，我想我就是这么一个人。

我想，如今的我做得最好的一点，就是坦然接受了我的所有缺点和笨拙。那天凌晨我一个人走在墨尔本的街道上，看着城市慢慢随着时光移动，我才明白自己的笨拙给我带来了很多东西。就是因为深知自己笨拙，我开始不再逃避很多东西，开始面对，开始不再寻求所谓的捷径。

说不定世界上只有两种人才能走到终点：一种是才华横溢，你可以一下子看到他的天赋和过人之处，他们永远闪闪发光，不知疲倦；另一种就是笨拙，他们的才华你很难看出来，或许大多时候你都没办法发现他们，但他们走得比谁都坚实。

这样的人，深知疲惫和残酷是什么，所以才能走得沉稳，才能明白地找到自己的活法，才不会跑到不属于自己的地方去。

刚开始的时候，我几乎每天都会有那么一阵子怀疑自己，想要把现在坚持的扔掉。但我又深知如果把那些东西扔掉的话，我自己就找不到自己的活法了。人最大的清醒或许就是认识到自己的局限性，然后学会面对。

有很多时刻我都会想"尼玛，老子放弃了""卧槽，我不等了，将就就将就呗"，总有些时刻我会不再相信了，可在心底我又会有所追寻，可我又还是豁出去去等待、去努力。或许这也是笨拙的表现，不够聪明到能很快地做到一些，又不够决心到把一些东西放弃。

我不知道自己听了多少次歌、熬了多少次夜才换回来坚定的自己。那些看起来坚定不回头的人，你不知道他暗地里下了多少决心。不过这样也好，既然天生笨拙，那就把自己能做的做好。既然现在还是那么笨拙，那也就只能把现在走的路走到底，因为我也没有余力去走别的路。

这些年越发明白一件事，那就是没有人应该对你好。大多时候我们只能靠自己，孤独这种东西比什么都黏人得紧，你很难摆脱它。而大多数烦恼，越发无法倾诉，很多时候都难以开口。了解你生活的人越来越少，大多数人都只能看到你人前的样子，少有人看到你人后的样子。

我常觉得，人到了某个阶段，上帝就开始给你的生活做减法。他说："小伙子，你之前的生活拥有得太多了，为了平衡，我现在要把那些东西从你身边拿走啦。"

我说："那你就拿走吧，但总有些东西，是你也拿不走的。"

见了太多糟糕的事情，倒觉得一切都会好的；有了太多糟糕的情绪，反而知道怎么应对；了解了自己的缺陷，反而知道什么才适合自己。

就抱着这么笨拙的想法走下去吧。

如今我依旧偶尔会抱怨为什么自己没天赋，又或者因为别人能轻易做到自己做不到的事而不平衡。从某种角度上来讲，这完全没办法。现在的我倒觉得这样也好，世上或许有人能一步登天，但那个人不是我。自己一点儿一点儿抓住的东西，比什么都来得真实。用时间换天分，用坚持换机遇，我走得很慢，但我绝不回头。

我感激所有让我找到动力前行的东西，是这些支撑着笨拙的我走到现在。我不会想要讨好所有人，因为那于我是不可能完成的任务。我有我要去的地方，我深知那是哪里，谁都不能动摇我；我有我要走的路，我深知那里崎岖布满荆棘，但我依旧要走。

因为我明白，像我这样笨拙的人，如果今天不用力走，明天就得用跑的了。
因为我明白，既然我天生笨拙，那就用坚定去补。

天 生 笨 拙 ， 就 用 坚 定 去 补

BGM: 南征北战《我的天空》

越 早 了 解
孤独不可避免
越　　　好

当生活开始给你身边的东西做减法时，孤独就会变成无法避免的东西。
你只能明白孤独是你与生俱来的东西，它不可避免，越是逃避感觉只会
越糟。那就去接受它，习惯你的孤独，在独处的时候用各种你喜欢的方
式充实你自己。想要摘星星的孩子，孤独是你的必修课，到最后孤独能
给你带来的，远比它让你失去的多。

（一）

有时候会刻意地回避一些能勾起回忆的东西，是因为怕听到之前的自己。就像是到了某个阶段，你再也不去翻以前的照片和状态，你告诉自己那是曾经的自己，而曾经的自己就是个傻×，回头看都觉得不忍心看下去。

人大概就是在不断否定过去的自己中成长起来的。

的确。

然而你内心有另外一种声音，告诉你把过去的自己提到垃圾桶里的原因是：你害怕面对曾经的自己。你怕当你看到曾经的自己时，产生巨大的失落感。

这种失落感来源于现在的你和想象中的你，很有距离。

就像无论你把多少小情绪归为矫情，把曾经的梦想当作无知，把曾经爱上别人当成眼瞎，你都无法否认，有些错误无法避免，有些东西应该保留下来。就像是手机里的歌曲，这么多年了，居然一点儿变化也没有。也难怪，你能指望它们产生什么样的变化？可是当你看到唱着这些歌的人，这么多年来依旧站在台上，当你看到昔日的好友，这么多年依旧在向前走着，你的心还是揪了起来。曾经你们是肩并肩走的行人，曾经你还会去看一些电影、一些书，而现在的你，大概在某个时刻，已经死了。

之后你便开始重复你的人生，日复一日、年复一年。

不要否定任何时期的你自己，只要在那个时期你没有虚度。

（二）

上帝保佑有梦想的人。

尽管我不知道上帝是不是真的存在，或许即使上帝真的存在，他也无法保佑这么多人。他必须公平，管你有梦无梦，你都得生活在这世上，接受你不愿意接受的东西，了解你不曾了解的事实。

所以我格外佩服有梦想的人。小时候有梦想，天真地以为它们都会实现，那时觉得这就像我们终究会长大，是一件格外自然的事情。那时候勇敢，是因为无知。而当一个人成长以后，在了解了世界不是由鲜花和掌声构成之后，还能坚持自己的梦想，这种东西，才叫作勇气。

我承认我已经很久没有听曾经的歌，不管是《灌篮高手》主题曲，还是五月天，抑或是周杰伦，甚至还有之前的陶喆。我也很久没有看《老友记》、看《灌篮高手》，在《数码宝贝》出到第四部之后，我再也没有关注过它。

有段时间我觉得自己不再喜欢这些东西了，对自己说这就是成长。

但就像之前说的一样，我还是没办法把某些东西割舍下，就像是存在硬盘里的《老友记》，第一季已经是二十年前的东西，我已经能说出下句台词是什么，却依旧看不厌。

而我常说的那些歌，偶尔听到的时候，就像是许久不见的老朋友一样。

我过得很热血，而且是莫名地热血，回想以前喊口号的样子都会觉得一阵好笑。还好也算是走到现在了，不然会被以前的自己笑话死。后来我发现我热血是有原因的，因为我是看着《灌篮高手》听励志的歌、看着NBA听着阿姆长大的。有时候又觉得如果我不热血，肯定不会喜欢这些。

所以还好，没成长成自己讨厌的样子。

（三）

我已经一个人住了六年，人来人往，换了很多地方。越发觉得自己像生活在月球，出于某种奇怪的孤独感，我身边的空气接近稀薄。也不是说不想结识新朋友，只是一来懒，二来觉得经营感情这东西实在不适合我。我依旧选择顺其自然，该认识的总会认识，只要你保持前行。

一个人住得太久的副作用，就是变得越来越自我。有时甚至觉得自己是自己生活的旁观者，看着自己忙里忙外又一副淡定的模样，觉得没什么难得倒自己。偶尔想来这或许也不算副作用，尽管我被迫地过起一个人的生活，可以自我安排的时间却也不可避免地多了起来。

而今天我突然间想通了一些东西，那种你听到你喜欢的歌、看到曾经的电影、去看他们演唱会时闪出来的节奏，不是其他，是你自身的东西。那是曾经的你，在破旧的音像店里找到他们的CD的那个你，给喜欢的女生送字条居然还会脸红得像个傻×的那个你，信誓旦旦地说要去实现梦想的那个你。

那些东西，并不是就这么消失了，而是变成了某种音符、某种节奏藏在你的灵魂里。当你失落到无以复加时，当你孤身一人时，当你出现自我怀疑时，它就会适时地跑出来。它就是出现得这么巧，因为那恰恰是你拯救自我的东西。

（四）

能拯救自己的终归只有自己而已，所谓的时间能拯救的，也只有那些决心去改变的人。

如果你不是内心大概还残留着一丁点儿微不足道的希望，你是不会听起那些歌、看到那些东西的，你会无法和那些东西产生共鸣，甚至会产生厌恶。而让你感受到这些的，终归是你自己。然而在成长过程中，因为时间过得太快你身心被迫跟上时，有些东西被你遗忘了。就像你长途飞行下了飞机之后的残存感，大概就是你的身体走得太快，而你的大脑还没有跟上。

所以这时候能出现在你生活里支撑你的东西显得格外重要。想起我在刚开始一个人住的三年里，我睡前总是看一集《老友记》、一集《灌篮高手》，事到如今我已经不记得看了多少遍。我手机里放满了五月天、阿姆、Maroon 5的歌，我已经不记得我听了多少遍。那时自己多少有些依赖，所以到现在我都无法向别人解释，为什么无论何时我看到《老友记》的那张海报，我都会无法抑制地激动。

你终究是要面对孤独的，不管愿意不愿意，而你越早能接受孤独是无可避免的越好，就能越早开始自己的生活。有人一辈子都在逃离孤独、逃离无聊，把很多东西割舍下，乐得自在；有人瞬间就过了瓶颈期，无比迅速地接受现在的生活，并用他们的才能闪闪发光地改变了世界。而我不是前者也不是后者，我不聪明也不愿割舍，所以我用了很久。

面对生活还坚持梦想，需要很大的勇气。这种勇气有时难以形成，然而一旦形成，再难也能看到坚持下去的希望。生活节奏也是如此，有时你无法找到自己的生活节奏，就被拖入现实的洪流里随波逐流；而一旦找到自己的节奏，便难以改变。

而这种勇气和节奏，需要极大的孤独来支撑。尽管生而为人就是需要另一半的温暖的，然而在那之前，你必须自成一个世界，因为没有人能时时刻刻地在你身边，即使是你的另一半。互相取暖这种东西说起来，得双方都具有温度才行，凭什么要别人来温暖冷到极点的你？

所以我希望你能经受住漫长的孤独，不要害怕孤独，不要害怕面对以前的自己。承认之前的傻×和错误，但不要用过去牵扯你的未来。世界不是由鲜花和掌声构成的，但也没有你想的那么糟。听听曾经感动你的歌，看看身边始终坚持的人，从里面汲取一点儿东西，慢慢地把它变成你的东西。

在清晨的地铁上，在黄昏的菜市场，在凌晨时分，你或许在焦虑、在头疼、在熬夜，但总有某种时刻你能突然间听到自己的节奏。而那时，你便知道，这些孤独的日子，到底让你成长了多少。

依旧偶尔想起以前做的傻×事，甚至细节都历历在目。回忆是神奇的东西，你不知道什么时候什么回忆会涌上心头。回忆从来不是件坏事，就像我想起之后还会笑之前真傻。谁没傻×过？不妨承认之前的傻×和错误，这样才能不害怕面对之前的自己。谁都有过去，今天做好今天的事，不要用过去牵扯你的未来。

所以，亲爱的朋友，愿你不再害怕孤独，不再害怕面对之前的自己，不再急于寻求外来的安全感，而能从自我找到安定的力量，找到坚持下去的勇气，找到属于你自身的节奏。那是你自己的力量，足以在你的黑夜里代替太阳。

越 早 了 解 孤 独 不 可 避 免 越 好

/

BGM: Coldplay *Every Teardrop Is a Waterfall*

关于
爱

卢思浩说：

愿 有 人 陪 你 颠 沛 流 离

你会渐渐发现，"有话聊"是两个人在一起的基本标准。这世上没有谁有义务去等谁，维系一份关系或者感情从来都是两个人的事。保持必要的关心，保持前行，为了相似的目标共同努力，两个人才能保持在同一个频率里。说话总是要解释半天，或者根本说不到一起去，多烦心，能聊得来真的太重要。

先找到自己的频率，才能找到跟你频率相同的人。首先变成自己不讨厌的样子，再去遇一个无需取悦的人。

离 开 前 请 叫 醒 我

你从来都知道有些事情是很难一下子忘记的，你总得需要时间去消化。回忆不见得一定要让它消失才算是好事，最好的做法或许是把回忆放到恰当的位置。要把回忆放到恰当的位置，就要去正视你的回忆。

2011年，哥们儿失恋。现在回头想自然不是大事，但对当时的他来讲就是天塌了。陪他去喝酒，哥们儿二话不说点了盘花生，拿着二锅头就往嘴里灌，拦也拦不住。我对他说："哥们儿，你这样不值当，都分手了，你这么折腾自己也不能挽回什么。"他灌得有点儿猛，拿着纸边擦嘴边回话："你懂个屁！"我当时忍着好心被当成驴肝肺的心情，硬是没有还嘴。

结果这个夏天我也失恋了。

没想到这次喝成傻×的人是我，哥们儿用幸灾乐祸的眼神告诉我，小样，这回轮到你了吧。Jimmy在一旁劝我们俩，哥们儿拍拍我的肩膀说："小子，你明白那天我说'你懂个屁'时我的心情了吧？"我二话没说跟他来了个high 5（击掌），什么天涯何处无芳草、什么为了她何必呢、什么还有更好的之类的话根本就没有用，针扎到你身上你就明白了，什么叫曾经住在你生命里的人，现在不见了。

毫无意外地，好几个晚上我们都喝成了傻×。这也难怪，我们玩骰子不管是赢还是输都会自喝一杯。Jimmy每次都在，看到我们喝也不再开口劝，躺在沙发上自顾自地玩手机。只是每次当我们两个神志不清的时候，他都及时地制止我们，把我们安顿好，尽管好几次我醒过来的时候都发现自己睡在了地板上。

我醒过来时他都一脸邪恶地看着我们俩，说拍了裸照，赶快请他吃顿豪华自助餐。然后才开始他的长篇大论，他一脸正色地说："真他娘奇了怪了，这人就是贱。在一起的时候也不好好珍惜，分开了又一副傻×样。卢思浩，我也不说你什么了，Kim就说说你，也真他妈奇了怪了，平时你这么铁血真汉子，怎么一碰到感情就跟变了个人似的？"

每次他劝我们时，我都会踹他一脚，一副"没谈过恋爱的小子懂个屁"的神情；但有关Kim的那部分，Jimmy说的是真的。在我们还不知道打架为何物的年代里，他已经把打架当成家常便饭；在我们出国的第一个年月里，有一次车上被黑人扔了个鸡蛋，我和Jimmy无奈地看看他们准备照常往前开，只能自认晦气，Kim他娘的二话没说直接路边停了车，开了车门抡起拳头直奔向两个黑人。要说他的身体素质还真不是盖的，一下还真让那俩黑人一时没回过神来，这下连我这个废包都突然变得热血沸腾。

结果当然是我们都挂了彩。在家里他来了一句："黑人真他娘的强壮，下次应该打完第一下……然后就跑。"

就是这么一个人，谈恋爱的时候完全变了样。

他和他的女朋友也算青梅竹马，初中认识，高中在一起。只是，在感情里强势的人永远是他的女人，每次我们吵闹一时拗不过他的时候，我们都会搬出我们当时的大嫂，这招就跟对小孩子说"再不乖警察叔叔就把你关起来"一样有效。他们也常腻歪得让我觉得很恶心，让我鸡皮疙瘩掉满地，拍合照的表情自不必说，每次分开都要

kiss goodbye（吻别），实在让哥儿几个无法接受。高中毕业，他们就互相见了家长，然后一起出国，同居了两年，他的胃已经适应了他女人的手艺，他的身上已经有了他女人的味道。用他自己的话来讲，他从来没想过自己未来的结婚对象不是她。

当时我们都觉得他们会腻歪得让我们恶心一辈子，结果他们分手了。

我们当然为他惋惜，也问过他失恋的原因。他说他也问过原因，只是他媳妇支吾了半天，没说出个所以然来。我以为按他的脾气他肯定会闹到天翻地覆，结果他点点头漠然地答应了分手。

"操！"当我们听说他们分手的过程时，异口同声地爆了这句粗口。

故事到这里当然还没有结局。自从那几天喝成傻×以后，他就跟个没事人一样，跟以前一样喝着啤酒跟鬼佬赌球，赌到最后情绪激动差点儿又打起来，上课也一节不落，空闲了就去打球，跟以前一模一样，就连冷笑话的功力也所差无几。只是我们哥儿几个知道，谁离开谁都不至于活不下去，生活一样过，但谁也没有办法那么快就释怀。一有空喝起酒，他还是跟以前一样二锅头直接灌，然后毫无意外地醉倒，发完酒疯之后就一言不发。

谁都知道他在想什么，谁也没办法劝他。

关于他分手的理由，不可避免地我们还是知道了。

有一天前大嫂被我们撞见和一个男的牵手逛超市，她一脸尴尬解释只是普通朋友。我们也没说什么，打个招呼直接走了。这件事情成了引线，慢慢地他们也开始没了顾忌，虽说不算频繁出现，但也没有任何回避的意思。我们替Kim不平，但这也是他们双方的自由选择，谁也没法去judge（评判）什么。

尽管如此我还是没忍住跑过去问她到底怎么回事儿。她说有一天她在路边等Kim去接她，结果他跑去帮哥们儿搬家没来，是他把她送回去的；还有上次唱歌也是，Kim在和朋友喝酒，喝多了以后我们开始起哄让她喝酒，是他帮她挡酒；还有上次他给她热牛奶。

我当时就骂了，我说："Kim之前每天送你，你怎么不记得？Kim喝醉是为了帮你挡酒，你怎么不记得？你难受的时候他给你送药，你怎么就忘了？怎么他为你倒的热水赶去给你买的药就抵不过他那次给你送了一杯热牛奶？"她支吾了半天没再说话。

人都是贱的，有人对你好到不能再好，你习惯了就觉得不再好了。忘了什么时候听的故事，有个人离家出走，饿得不行了，有人给了他一个热包子，他感动到不行，给包子的人对他说："你妈妈每天给你做包子，你怎么就不记得呢？"跟一个人太熟就会忽略他的感受，这是病，得治，否则总有一天你会心态失衡，你会瞬间完败，你会被新鲜感冲击得一塌糊涂。所以你总会记得一个陌生人的侧影，而不记得初中坐最后一排的人是什么模样；所以你总会记得一个偶然的人偶尔的好，而把你身后的遗忘得一塌糊涂。

2012年毕业，我们就散了，他继续读研究生，他的前女友跟她的男友回了国，我和Jimmy跑去另外一个城市读研。我们本以为他们的故事就这么结束了，直到半年前我去他家，发现他的电脑旁还放着他们的照片。我问他还放不下吗，他说，两年了，觉得她还会回来。我说你怎么就这么贱呢，人家说不定都结婚了，你还在这里念念不忘，你什么时候才能过自己的坎儿。

他说他们没有结婚。

我眉头一皱，问他怎么知道，他倒也坦诚说他们最近一直在联系。她还是给他带来一些常有的关心，也说自己的近况。我当时的第一反应是：完了，这点儿稍带礼貌的关心就能把他永远捆住。

大概一个月前，我去南京签售，约好了一起出来聚聚，然后他把她带上了。我皱着眉头心说"你们不会和好了吧"。他说他白天陪她去买了个衣橱，刚帮她整理完就顺带着一起吃饭。我虽然一向不提倡旧情复燃这事，但当时看他的表情倒真的有点儿希望他们能和好。

结果是他打电话说他们再也没可能了。我们断断续续地聊了一小时，我才知道他这一年是怎么过的。他们从她回国之后就没断过联系，他回国后就分手了。他们之间有关心也会见面，她一有事他就会去帮忙。于是在这一年里，他回了两次国，跟她见了十几次面，去看电影、帮她搬家、陪她挑衣橱，可是偏偏就是不提复合。

饭局后，我特地给他们留空间，自己先走了，没承想这给了她机会告诉Kim她有了新男友，怕再见面会尴尬，想暂时保持一些距离。而他还是和以前一样，漠然地点头。

我在7月11日时写《失恋这回事儿》就是因为他，而我为什么要在这里写这篇文，是因为他给我来了电话，说他终于放下了。

我问他，之前一年都没放下，怎么这次半个月就成了。

前度这事就和我在《失恋这回事儿》里面说的一样：残酷的是你们分手之后前度跟你联系不断，做很多暧昧的事情，而又不提跟你复合，那么很可能是她对你已经没有好感了，但身边一时没有山珍，也没有海味，既然没有更好的，那么找前度也不错。碰巧你是个干柴，不需要烈火只需要火星你就能燃起来。所以分手后的第一课大概就是，不要试着回到过去的日子，即使你们还有千丝万缕的联系。好吧，也许分手后那份关心还是真的，但醒醒吧，关心从来不足以达到重归于好的程度。

他和我说，他其实就是在等自己放弃。他给自己发过誓，如果曾经发生的事情再发生一次，就放下。他和我说《失恋这回事儿》里面说保持单身的确是一个解决方法，不要贱、不要见，忍着几个月也就好了，但是他要选择符合他个性的方法，虽然残酷，但是对他是最有效的办法——那就是对她好对她好对她好，不求复合地对她好，直到有一天自己对自己的付出腻烦了，直到有一天对方的态度让自己失望透顶了，那就是解药到来的那天。他昨天一个人去了他们认识的地方——初中。天气很热，他拿着当年他们在校门口的合照仔细比对，却兀然发现校门早就变了模样。他突然就释怀了，那天拍下的东西，就让它留在过去吧。他对她是情，她对他早就没有情了，这种关系本来就像一根线一样轻轻一碰就断，现在就让它断了吧。

他和他媳妇认识十二年，在一起八年，分手用了一天，彻底放弃用了两年。

残酷吗？当然残酷。公平吗？当然不公平。什么时候感情是公平的了？它只有值得不值得，从来没有所谓的公平不公平，如果你要用公平去衡量一份付出、一份感情的话，那你从一开始就输得一败涂地了。承认吧，你自己都知道那是那么不公平，你对一个人念念不忘，另一个人想走进你的世界都没有机会；你爱上了一个出现在你生命里几分钟、几天的人，却从来没爱上一直陪你的人。日久生情自然是最靠谱儿的剧本，然而人的本性却始终在追逐一见钟情。

他给我打电话还有另外一个目的，他和我说他想要和过去的日子彻底告个别，知道我一直在写书，想试着让我帮他记录下来。我和他说："他丫的最难的就是记录你们的感情，何况记录下来你不觉得难受吗？"他说："我现在肯定能笑着看完这段故事，这你就放一百个心吧。哥早就傻够了，何况我哪有这么脆弱？Kevin，我只是想要你帮我把这个故事彻底结个尾而已。"

我问他："你听过木心的那首诗吗？"他说没有。

我说那哥们儿在这儿给你酸一把：

记得早先少年时，大家诚诚恳恳，说一句是一句。
清早上火车站，长街黑暗无行人，卖豆浆的小店冒着热气。
从前的日色变得慢，车、马、邮件都慢，一生只够爱一个人。

他问我读这首诗干吗，我说从前的日色慢，什么都慢，一生只够爱一个人，可惜我们没赶上那个时候。哥们儿在电话旁沉默了一会儿，说："对，我们没赶上那时候。"我笑了笑，说："其实我们不是没赶上那时候，而是那时候已经被我们辜负了。既然被我们辜负了，也不算白活，那就把那些放在恰当的位置吧。"

至少失去所有的时候，还有未来在不是？

把回忆放下其实没有那么难，难的是在那些没有结局的故事里，我们都少了一句郑重其事的再见。当我们郑重其事地说出再见时，我们才会放下，我们才给没有结局的故事画上一个句点，不让它在你的世界里兴风作浪。

我对他说，你的故事，我在以前就给你写好结尾了，不知道你喜不喜欢这个结尾，但我觉得还不错：

每个人都会有回忆，也有遗憾。在那些没有结局的故事里，似乎总少了一个若有其事的告别。或许还会想着"如果当初……"，如果当初我没有搬家，如果当初我勇敢一点儿，如果当初高考前能再努力一点儿，或许我不会跟小时候的玩伴失去联系，或许我会跟她肩并肩坐着分享人生。

不是每个故事都会有结局，而大多数时候原本看起来天造地设的两个人，突然间就宣布了分手，最后连句再见也没有。再或者明明互相喜欢，却没能在一起，最后形同陌路，错过了，变成陌生人。那个让你对明天有所期待的人，根本就没能出现在你的明天里。那个曾经给了你一切的人，最后留下你一个人就这么悄悄离开了。那个曾经互相陪伴过的人，最后却变成了陌生人散落在天涯。太多太多的情侣，明明互相珍惜不想分开的，最后却都因为一件小事分开了，每次看到身边上演这样那样的故事，总是让我唏嘘不已。

那又能怎么办呢？如果分离无法避免，我们能做的不过是更强大更好地面对分离。

所以我想，如果经历了那些我变得更好的话，我应该把这样的自己留下来，更好地面对生活。

我想要重新跟记忆里的那些错过的人，很认真地告别，尽管我早就已经把你们从生活中弄丢了。

愿那些错过的人，经历了颠沛流离之后还能再度相逢。

我相信，再相逢的时候，你们之间一定没有恨意了。毕竟你们在青春里陪彼此走过，在你最青涩、任性、懵懂、不懂体贴的时候陪着你，在你最难过不想说话的时候，他也曾懂你的寂寞，站在你身边，哪怕什么也不说。

愿你能够明白，世上所有相遇都有它的意义，也许有些人相遇就是为了告别。告别以后，还有长长的路要走。当然也有些人相遇就是为了要在一起走很久，就像我现在还常和他去喝酒一样，甩也甩不掉，也不想去甩掉。觉得过不去的时候，还有身边的朋友和家人，等到过去了，你会发现自己也过得好好的。

你从来都知道，回忆是一种力量，它能让你更好地走下去。

愿我们没能实现的梦想，在最无助难过的时候，开出最灿烂的花来；愿那些没能珍惜的青春和回忆，在经历了成长的阵痛之后能在心底认真而又平静地告别。

至于那个夏天有关于我的失恋，那就彻底是另外一个故事了。

离 开 前 请 叫 醒 我

BGM: 蔡健雅 *Easy Come Easy Go*

能 聊 得 来 很 重 要

你会渐渐发现，"有话聊"是两个人在一起的基本标准。世上没有谁有义务去等谁，维系一份关系或者感情从来都是两个人的事。保持必要的关心，保持前行，为了相似的目标共同努力，两个人才能保持在同一个频率里。说话总是要解释半天，或者根本说不到一起去，多烦心！能聊得来真的太重要了。

学姐最终还是和她的大叔分手了，这并不是大叔抛弃年轻姑娘的传统故事。

大叔其实并不老，30岁出头，干练有能力，为人也不错。当时我们哥儿几个都觉得他们一定能成为俗世里的两朵奇葩，他们的感情一定能开出花来。结果花是开出来了，只是没来得及结果就谢了。

学姐是个很有能力的姑娘，当时她喜欢大叔的最大原因就是她觉得大叔特别成熟，用她自己的话来说，就是她觉得自己身边的男人都像孩子。

我当然不服，我说尼玛，哥的思想深度还是不错的。
学姐郑重其事地点了点头，拍了拍我的肩膀说："可是大叔比你长得帅呀，虽然你长得也不错。"

妈的，说到底还是看脸，浑蛋。

学姐先我一年毕业，毕业之后就回国去了大叔所在的城市。在这一年里学姐很少更新自己的动态，我也就慢慢地和她断了联系。直到前阵子机缘巧合和她联系上了，一起出来吃饭的时候她一个人，她才和我说起她和大叔已经和平分手了。

我当时不明白，问她："大叔各方面不是都挺好的吗？"
她说："是的，可只有一点不好，就是我们聊不来。"

她说，大叔帮了她很多，无论是在工作上还是在生活上，可自己跟不上大叔的脚步。简而言之，这种跟不上就是两个人聊天总聊不到一个步调上。她很努力地找工作，为此碰壁好几次，可大叔总觉得她现在经历的事情只是小事；她偶尔和大叔聊起一两部电影，大叔把男主角的名字弄错了五次。

这都是没办法的事情，学姐努力了，只是尽管如此，她想要在精神层面上跟上大叔还是得磨炼好几年。她没有办法和大叔倾诉生活上的很多苦恼，因为大叔都觉得那不是苦恼；大叔也没办法和她说职场上的东西，因为她总是听得云里雾里。

慢慢地两个人的话越来越少，最后分手了。

我写过很多故事，也越来越明白，两个人在一起最重要的一点，就是一定要有话说。很久前我觉得这是一个很容易达到的标准，后来我发现这是世上最难的标准，甚至远高于物质的硬性条件。两个人在一起说话，说废话不会腻，不说话不尴尬，太难。

世上没有谁和你一开始就是同一频率的，两个人势必有一方要停下来拉后面的人一把，或者落在后面的人要努力一些尽量跟上前者的步调。这方面学姐足够努力，只是大叔已经走得太远，已经没有办法停下来。学姐用跑的，最后累了，只能放手。

我想起另外一个故事。

小A和老赵在大学毕业之后的第二年分手了。那时候小A已经找到了工作。而老赵白天找工作，晚上就把自己扔到网吧里，可想而知他白天找工作时的状态肯定不好。小A和老赵在一起快五年了，她对自己说，无论怎样也要和老赵过下去。在她的未来蓝图里，必须有老赵的位置，否则那样的未来干脆不要。

这是当时小A和我们说的话。

可他们后来还是选择了分手，是小A提出来的。老赵后来逢人便骂小A无情，再后来我们的朋友圈里就没有了老赵这个人。谁都明白，问题的大半出在老赵身上。小A拼了命地想把老赵拉到现实生活里，老赵就是躲在象牙塔里不肯出来。到后来，两个人已经没有办法交流了。小A工作了一天，到家只是想有人说说话，老赵却在网吧玩游戏；小A遇到了很多问题想让老赵出出主意，可她发现那时候她仰望着的老赵，已经没有办法给她想要的了；他们每次为了一点儿小事吵架，老赵都会说"你现在是不是看不起我"。

当老赵说了几次这句话之后，小A明白他们已经不可能在一起了。他们已经没有办法在一个频率里了，和大叔不同，她更没有办法等他，因为她现在还什么都没有，只能往前走。

他们分手，你可以说小A现实，但她只是做了对于她来说正确的选择。他们本来可以很好地生活在一起，熬过了四年大学，熬过了最苦逼的毕业那年，最后还是没能修成正果；只是她受够了老赵一边描述所谓的未来、承诺很多，一边却从来没有为之努力过。

很多人都把分手怪在物质上，但更多的情况是，说要好好奋斗的男人，许诺了一切却不为之努力，连游戏时间都不肯牺牲，到最后却又怪女人太物质。说要陪伴男人的女人，总是花钱在不值得的包上，明知道少一个包可以减轻很多负担，可她偏不，最后还要怪自己的男人没本事。

大多数人就是这么逃避属于自己的责任的，你可以选择大叔，那就意味着如果你要和大叔走很远，你必须尽快跟上大叔的节奏，两个人在精神层面也能很好地交流。这也意味着你必须让自己变得更有韵味，否则永远有更漂亮、更年轻的女人会替代你。而如果你们决心一起奋斗，就请照顾彼此的感受，这世上最好的感受就是两个人一起从无到有的创造，可这条路千辛万苦，如果你决心走这条路，就得拿出相应的觉悟来，男人少玩些游戏，女人少一些虚荣。

可以找到和你一起奋斗的人是幸运，是最大的幸运。以前我总对长辈"门当户对"的说法嗤之以鼻，现在才明白，所谓的门当户对不一定是指物质上的，而是指两个人有相似的成长经历、相似的人生观和价值观、能为了相似的目标并肩同行。说话总是要解释半天，或者根本说不到一起去，多烦心！能聊得来真的太重要了。

所以，请一定要珍惜愿意等你的人，也一定要努力跟上他的脚步，

因为世上没有人有义务去等谁，也没有谁会被你耗在原地一等再
等。请一定要保持现在的状态，同舟共济、同甘共苦。保持必要的
关心，为了相似的目标继续并肩同行。

即使你现在还是孤身一人，也不要为了所谓的安全感匆忙地投向下一
个人的怀抱。安全感从来都是自己给自己的，只有给足自己安全感的
人，才能遇到一个你不需要取悦的人，才能遇到和你同频率的人。

愿你和身边的人说话不用解释半天。
愿你身旁有人愿意和你并肩同行。

222

能 聊 得 来 很 重 要

/

BGM: Victoria Duffield *Break My Heart*

哎，　那首歌，
好像是《简单爱》呢

许久后你会发现很多事情不是一定要去做，而是要和那个人一起做。同一件事，不同人和你一起做，你会觉得有天壤之别。我们在意的往往不是事情本身，而是做事的人。就好像有些歌前奏响起就赢了，不是因为这首歌有多么惊为天人，而是这首歌里有太多你的故事。

那天余小姐给我发微信，说："本来心情好好地玩着《节奏大师》，听到一首歌时突然难受了。"我说："尼玛，你这是犯病了吗？玩《节奏大师》还能伤感？"

余小姐说哪能呢，只是那首歌略戳她的泪点而已。我试着去听了那首歌——周杰伦2012年底的新歌——《傻笑》。

余小姐迷恋周杰伦八年多了，在我们都开始渐渐不听周杰伦新歌时，她还一如往常每张专辑都第一时间去买。而我这个曾经把杰伦每首歌都如数家珍般收藏的人，居然连他的最新专辑叫什么都不知道。

余小姐的高中和大学时代，是在周杰伦的音乐和一段长达八年的暗恋里度过的。那年余小姐和她的男神同住一个小区，同年级隔壁班，他们住的小区离学校有点儿距离。双方父母为了方便，就约好了每家轮流接送他们俩。她的男神每天晚上回家时都戴着耳机。那时候最流行的是索尼的MP3，男神告诉她他听的歌都是一个叫周杰伦的人唱的。余小姐带着好奇在周末去音像店淘了张周杰伦的旧卡带，从此沦陷，一发不可收拾。

她对她的男神有好感，但在那个花痴的年纪里，她对长得顺眼的男生几乎都有好感。她对她的男神情感的第一次升级，是高一的暑假，那天我们四个人去唱卡拉OK，男神点了杰伦的《晴天》和《三年二班》。她说那天男神穿了一件白衬衫，在昏暗的包厢里，她居然觉得男神在发光。

在确定男神那天并没有穿着荧光的衣服之后，余小姐通过排除法确信了一件事：那天我也穿着衬衫，但是她完全看不到我（这不是重点），所以她确定她对于男神的情感超越了花痴的程度。

那时的她还没自称老娘，还是个十分娇羞的小姑娘。

我们帮她把男神约了出来，把他们单独留在电影院门前。在这么好的环境下，余小姐愣是……和她的男神去电影院楼上打了场桌球。但那场桌球也不是全然没有好处，傍晚男神送她回家，把耳机的另一头分给了走在他左边的余小姐。耳机里传来的是杰伦的《简单爱》。那时听着耳机里口齿不清很青涩的歌声，看着比她高一头的男神的余小姐，心跳破天荒地漏跳了一拍。

这便是她长达八年暗恋的开端。

转眼高中时代结束，突然意识到再也无法在想看男神时就假装不经意经过他班级偷偷看一眼的余小姐，终于下定决心表白。那时我们一个老师同教两个班，所们两个班一起办谢师宴。我和余小姐决定在谢师宴上抓住机会，悄悄灌自己几杯酒，管他是死是活。谢师宴上，果不其然，一直偷偷摸摸的班级情侣们都纷纷公开，老师们也开起玩笑，一片其乐融融。

我暗恋的姑娘和她的男神同班，我拉着余小姐就往他们班那儿走。

我脸皮厚，在全班的起哄下拉着我暗恋的姑娘就走。后来我才知道那天余小姐站在她的男神面前什么都说不出口，她想起喝酒能壮胆，二话不说抢过男神的酒杯一口干了里面的酒。

那天男神喝的是白酒。

男神把她送回家时，被她爸妈说了好几句。据说余小姐在回家途中还吐了两次，觉得自己出丑的余小姐，自觉没脸见男神，从此见到男神就躲，就这样度过了那个夏天。那个夏天之后，余小姐去了南京，而她的男神去了厦门。

大一大二，每次余小姐想男神的时候，就戴耳机听周杰伦。周杰伦也一步步变红，那个仿佛只属于他们两人的秘密，被大家熟知。周杰伦2010年来南京开演唱会，余小姐鼓起勇气约男神去看。本来都说好了，可是男神最终还是没能抽出时间。那天余小姐买了张黄牛票，一个人听完了演唱会。整场演唱会她一直恍恍惚惚，她说自己看不清台上的人是谁，能看到的，都是自己的影子。

大三时余小姐出国了，出国前夜她终于约男神到小区门口。她知道自己还是连一句"我喜欢你"都说不出口，就把要说的话写在了纸条上。偏偏那天风大，纸条还没接稳就被吹走了。那天余小姐和男神找了一个小时，她急得直哭。

那一刻她突然觉得自己再也不可能和男神在一起了。

到头来她什么也没说就出国了。再后来，她的男神搬家了。余小姐和男神再次见面，已经是今年初的事了。那时她为了工作焦头烂额，男神毕业进了外企，我考研成功，开始自己的间隔年，另一个故事的男主角Tim开起了工作室。就这样我们迎来了又一次同学聚会，这次居然来了四十多号人。我和Tim知道余小姐这么多年来一直没能忘记她的男神，因为她中文歌只听杰伦的，每张专辑必买，她一难过就会抄《简单爱》的歌词，她走路喜欢站在人左边。

那天她的男神一上来就喝了两杯。快散伙的时候，他叫住余小姐，对余小姐说了一句她等了好多年的话："其实，那时候我也喜欢你啊。"如果故事按照这样的节奏发展下去，大概又是一段女神等到男神的故事。只是余小姐蒙了一会儿，对男神说："是啊，那时候我可喜欢你了。"

后来我们四个又去唱卡拉OK，她点了《傻笑》这首男女合唱的歌。男神已经很久不听杰伦，男生部分不会唱，她就一个人把歌唱完了。到头来，她也没有和她的男神在一起。

今天我在热门微博里看到一个故事，楼主30岁终于等回了自己当时一直爱着的男神。我在评论里@了余小姐，余小姐回复我说："这样的故事终究不会发生在我身上，如果找不回感觉，那就让记忆里的人留在记忆里呗，让我心里的那份感情定格在那天彼此一人一个耳机时就好。"

更多的情况是，当你发现你们彼此暗恋时，时间已经偷走你所有的选择了。曾经你喜欢的人终于对你说了一句："那时候我也喜欢你啊。"于是你整个人就蒙住了，可是也只能说一句："嗯。"没后悔、没遗憾，也没有无奈。那个戴着耳机追赶自由的少年早就不再听曾经的歌了，你因为那个人做了很多事情，养成了很多本不会有的习惯。然而即便如此，你也明白有些东西、有些人不是不好，而是时机不对。

有些文字不是不好，而是你没到或者过了读它的时候；有些人不是不好，只是恰好你不想恋爱或者不想安定；有些事不是不好，只是发生在你正心烦意乱的时候。时机很重要，相遇得太早或者太晚，都不行。

很久之后你会发现，其实你会做那些事情并不是为了在一起，其实也是为了自己。很久以后，习惯或许还在，在一起的感觉和执着却早就没了。

17岁，她是你的闹钟，你早起只为和她偶遇；18岁，你送她回家，灯光拉长影子，你想牵她的手，却以失败告终；19岁，她送你围巾，你说着"真丑"却怎么也不肯摘下来；20岁，你们煲电话粥，一整晚话都说不完；21岁，你们终于分道扬镳。比暗恋更傻×的事情是什么？是在青春里互相暗恋。你们把青春耗在互相暗恋里，却没能在一起。

那年她为了男神心跳漏跳了一拍，之后她再也没经历过那样的心跳。他们暧昧，他们当时彼此暗恋，但是他们从来就没办法在一起。当时不爱听歌的姑娘现在一首不落，当时听歌的少年已经很久没戴耳机了。或许余小姐感受更多的是：偶然的重逢更像上天开的善意玩笑，一样的人拼不出一样的感觉，曾经的执着也就过去了。

每个人都在成长中变成了另一个人，或许，这才是通用版的人生。

哎，那首歌，好像是《简单爱》呢。

爱是用心，不是敷衍

你或许在奇怪那些爱到底去了哪里，你或许在奇怪曾经的执着是怎么突然消失得无影无踪。那些爱到底去了哪里？谁知道。大概在每一天的争吵中，在逐渐产生的隔阂中，在你又忽略对方的感受时，就这么慢慢地消失了。这世上哪有什么突然，所有的突然都伴随着漫长的伏笔。

朋友A，突然间就分了手，原本犹豫不决的她突然间比谁都坚定。他们在一起将近六年，其间分分合合很多次但始终没有分成，无论男生闯了什么祸，她都选择原谅。这次的导火索我们也不知道是什么，只是隐约知道是件小事，却让他们彻底分了手。

我只是突然想到另一件事，就是之前写的Kim的故事。他和他媳妇认识十二年，在一起八年，我们都说他们是彼此的狗皮膏药，撕也撕不开。可是他们分手用了一天，他彻底放弃用了两年。这两年里我们给他介绍过对象，但他总是一口谢绝。这两年他们一直保持联系，他会给她准备生日礼物，也会帮她搬家。刚开始我们还劝他不要做完美的备胎，可谁也没办法让他走出来。

直到某天他回他们的母校——他们认识的那个初中，他拿着合照仔细比对，发现校门早就换了模样，他突然间就释怀了。

最近身边的情侣朋友，不是终于修成正果就是分手。很多时候就连他们自己都不知道为什么一步步走到了分手的地步，就这么莫名其妙地分开了。分手的原因好像都是因为有些感觉慢慢改变了，曾经不可或缺的人慢慢变成了可有可无的人。

你也许在奇怪，那些爱去了哪里。

你也许在奇怪，一个人怎么可以突然放下一些之前放不下的东西，那些执着到底哪里去了。

那些爱去了哪里？谁知道。或许在一次次的争吵中它慢慢地不见了，或许是因为你又忘记了她的生日，或许是因为她生病时你总是不在身边，或许是因为她喜欢的你总觉得无所谓。十分的爱变成了九分，然后变成了八分，然后有一天你发现你们的爱已经支撑不起彼此了。

那些执着去了哪里？谁知道。或许是你在心里早就给自己定下了界限，到了那个程度就放下；或许你早就在心里下了一万遍决心，或许就像Kim那样一直不厌其烦地对她好，直到某天自己的付出让自己腻烦了，直到某天对方的态度让自己心寒到底了，那就是放弃的那天。

联想起之前我们朋友圈里共同的一个朋友，本来大家都相安无事，可是他总是做一些让人想要把一盆番茄酱泼向他的事：比如在丁丁减肥的时候一脸嘲讽地说"你减了也就那样"；比如在知道我朋友是学设计的之后，直接甩了个大课题给我朋友，一脸理所当然、毫不感激的神情。我们是从初中就在一起玩耍的小伙伴，我们一直忍着没有撕破脸，后来有一天不知道他在群里说了什么，我的好友忍无可忍把话都说了个明白，然后把他拉黑了。

每个人都会犯错，但同样的，你也要做好为自己的错误埋单的觉悟。不要仗着宽容就肆无忌惮，有时候有些人看起来好像是原谅你了，但其实是因为你已经变得不那么重要了。

我们总是可以对90%的陌生人保持温暖的关心，却对身边的人视而不见，却忘了每个人都有自己的感受。如果他喜欢的你从来不在意，如果她难过时你总是在忙自己的事，如果你描述了太多你们所谓的未来，却从来没有为之努力过，那么慢慢地你就变成了她有感觉却不得不离开的人了。

所以不要奇怪那些曾经的爱去了哪里，不要奇怪为什么你做错了一件事情他会突然那么生气。这世上哪有什么突然，所有突然之前都伴随着漫长的伏笔；突然对你发火的人，你根本不知道他在心里忍了你多少次。

而在那"突然"到来之前，你的任何一些关心和倾听，都能把那些伏笔清零。在我看来，没有谁天生是属于谁的，任何人来到你身边愿意为你停下脚步，都是值得珍惜的事。世上什么东西都有保质期，没有比心存感激更好的保质方法。

爱是用心，不是敷衍。

爱 是 用 心 ， 不 是 敷 衍

共　振　有　效　期

你不能因为一个人常去夜店，就说他不好；你也不能看到一个人经常吊儿郎当，就说他没前途；你更不能看到一个人总是笑嘻嘻的，就觉得怎么伤害他，他都不会往心里去。每个人都有自己的价值观，这个世界本就光怪陆离。你只需要向着自己坚持的正确的价值观走到最后就好了，自有人在终点等你。

曾经看到"你看别人不顺眼，是因为你修养不够"时，我认为这是一句很扯淡的话——别人的错误与我何干？

以前为了点儿小事都能和别人吵起来，吵到后来就忘了争吵的原因是什么，只拼命想要证明自己，到最后伤人伤己。后来发觉少说一句话又不会死，一个人越恶毒，遭受的回馈也就越恶毒，给别人台阶下，就是给自己台阶下。与其嘴上争论别人是错误的，不如行动证明自己是正确的，争吵是这世界上最浪费时间的事。

每个人自有每个人的价值观，尝试理解别人，如果实在理解不了，那就转头离去。你永远无法说服别人，就像别人无法说服你一样，每个人总有每个人的坚持。

我想正因为如此，能遇到和你观念一致、愿意停下脚步陪你的同类，是这世上最幸运的事。

以前看《观音山》的时候，里面说："孤独不是永远的，在一起才是永远的。"当时觉得很感动，后来发觉，其实在一起不是永远的，孤独才是永远的。

就像前面说的，每个人都有自己的价值观，你有你的，我有我的，你有你的生活，我也有我的生活。但诡异的是，无论生活多么千差万别，你总能找到些许共同点。无论你觉得它是否公平，每个人似乎都能感受到孤独。

生活不好也不坏，只是让人觉得孤独而已。正因为这种孤独，人们才会寻求同类。有一个同类的好处在于，你不必解释看到一样东西时你为何那么激动。那时你便明白，有个人能分享你的感受，而你不必费心尽力去解释，是一件多么幸福的事。

我特别喜欢《在云端》里的一段话："But sometimes it feels like,no matter how much success I have, it's not gonna matter until I find the right guy."

如果没有找到可以分享的人，再成功也毫无意义。有人站在了世界之巅，还是会寻求和人分享自己的喜悦；有人跌倒在世界的谷底，还是会希望有人能陪他走出去。

其实，人们花尽毕生精力所追求的，就是有人能陪伴自己走下去。这就是所谓的共振。价值观或许有对错之分，但放在个人身上来看很难分清对错，而人们努力，不过只是希望有人能认同自己的观念，并且愿意陪自己走下去而已。

始终记得《玛丽与马克思》中最让我感动的那段对白：

"我原谅你是因为你不是完人，你并不是完美无瑕，而我也是，人无完人，即便是那些在门外乱扔杂物的人。我年轻时想变成任何一个人，除了自己，伯纳德·哈斯豪夫医生说，如果我在一个孤岛上，那么我就要适应一个人生活，只有椰子和我。他说我必须要接受我自己，我的缺点和我的全部，我们无法选择自己的缺点，它们也是我们的一部分，我们必须适应它们。然而我们能选择我们的朋友，我很高兴选择了你。每个人的人生就是一条很长的人行道，有的很整洁，而有的像我一样，有裂缝、香蕉皮和烟头。你的人行道和我的一样，但是不像我的有这么多裂缝。有朝一日，希望你我的人行道会相交在一起，到时候我们可以分享一罐炼乳。你是我最好的朋友，你是我唯一的朋友。"

如今这部电影依旧留在我的硬盘里。

每个人产生价值观的过程都不尽相同，唯一的共同点就是它远比你想的更漫长并且根深蒂固。我以前无法认同一个人的价值观时，就想以否定他的形式来证明自己是正确的。

你不能因为看一个人常去夜店，就说他不好；你不能因为一个人不走所谓的正途，就认定他没前途；你更不能看到一个人总是笑嘻嘻的，就认为他是铜墙铁壁、百毒不侵。

正如《玛丽与马克思》中所说，人无完人，而每个人的人生路都是一条很长的人行道，有的很整洁，有的则充满裂缝。但总有一天，我们的人行道会相遇。等到那时，你的人行道是怎样的，你的过去经历了多少苦，都无所谓了。

爱情也是如此，真正的爱情是两个人在尽可能能够做自己的情况下，在两人共同成长的基础上的情感共振。

每个人都在自己选择的道路上走着，道路有1000万种，能遇到志同道合的人实在难得；而每个人都或多或少地遭遇着挫折和瓶颈，都或多或少地孤独，所以我们能做的就是尽可能地避免去贬低和指责他人——如果你们注定无法共振，不如彼此不去打扰对方的生活。

越发觉得，不指责他人，不到别人生活中指手画脚，是难得的修为。看别人不顺眼，或许无关自己的修养；但妄加指责或者不加了解就去打扰，则关乎自己的修养。

一直以来我最佩服的人就是，他能听到自己内心的声音，又从不去贬低他人的梦想。能听到自己内心的声音，代表他深知自己想要的，能不被外界影响；而又从不去贬低他人的梦想，说明他有耐心且宽容，努力，又不指责他人。

我想成为这样的人，在我的生活中尽可能地做到这一点就好。

在此基础上，要走得够远。

在刚出发的时候，我们都处于道路的起点，这个起点有很多人，我们共同生活在这样一个村落里。然后你开始选择你的路，慢慢地你变得孤身一人，你开始觉得人生无比漫长。

然而就像所有河流终将汇入大海，当你走得足够远的时候，你总会遇到和你或同行或交叉的人行道。所谓的共鸣是建立在你们的某些观念在某种程度上是相似的基础上的，你是什么样的人，就会喜欢什么样的东西、遇到什么样的人、被什么样的东西感动。

那些交会的人行道，只有你走到足够远的时候，你才会看到；那些你寻求的共鸣，只有你本身具备了很多东西，你才能够遇到。

《白夜行》中有段对阳光的描述："我的世界里没有阳光，只有黑暗。但是有可以代替阳光发出光亮的东西，虽然不像太阳那样，却也足够。"或许用来描述共振不是那么恰当。我从来都不认为陪伴是永远的事情，比起孤独，它的时限显得微不足道，却也足够。

不管这个共振有效期有多长，不管这个人是否来了又走，始终要对有这样的人出现这件事心存感激。因为是这些人，才让你免于在孤独中徘徊。人生自是一场看不到头的颠沛流离，但一旦找到，即使岁月反复，也不觉得漫长了。

愿你可以找到那个与你长期共振、可以相互诉说废话的人。

242

共 振 有 效 期

BGM: 五月天《一颗苹果》

失 恋 这 回 事 儿

常有人说喜欢一个人总是自卑的，但如果在一起了还有这种感觉，那或
许你们并不是真正地在一起。在一起是遇到一个无须取悦的人，常怀感
激，而你永远不需要对爱人自卑。先好好爱自己，你才有能力爱别人。
要和一个人走下去，最好的状态便是并肩同行。

（一）

身边的朋友一个接一个失恋，不是失身便是失魂，再不就是自尊被
糟践得一塌糊涂。

在北京的一个朋友叫大然，在地铁里哭得一塌糊涂，我们都劝。明
明被甩的人是她，她还在给对方找借口找理由。芋头在一旁说：
"其实你爱上的那个人吧，只是你想象的他而已。他都跟你说了这
么多次了，他就是不爱你，除了不爱你，没有任何其他理由。"

好巧不巧，到南京的时候，又是一个哥们儿失恋。说他失恋倒也不
太准确，他跟自己的前度永远断不开。他们可以一起去看电影，他
可以帮她修电脑、陪她逛街，但是他们就是不能跟以前一样在一
起。这样的事情断断续续地持续了一年，最近他前女友彻底不找他
了。他百思不得其解，一直到前两天他得知前女友有了新欢。

残酷的是你们分手之后前度跟你联系不断，做很多暧昧的事情，而
又不提跟你复合，那么很可能是她对你已经没有好感了，但身边一
时没有山珍，也没有海味。既然没有更好的，那么找前度也不错。
所以分手后的第一课大概就是，不要试着回到过去的日子，也许分
手后那份关心还是真的，但是如果你也能隐约地感觉到一切都变了
的话，就不要再去怀念了。

其实你比谁都清楚，再好的故事都是从前的，而你一直放不开，大
多都是因为不甘心，所以分开以后才会一直在自己身上找问题，想

着如果当时做得更好就好了。

如果真的回到过去，你或许还是会和当初一样笨拙。

世界上最不公平的事，一定有感情的一分子。痴情的人有他的一番
说辞让人无法反驳，提出分手的人一副不忍却又不得不为之的模
样——人人都有自己的道理，人人都有自己的苦衷。
然而你知道，除了不够爱，其他的都是借口。

（二）

缘分这回事儿，有时候根本就是自己营造的：你凌晨2点睡不着，正
好她发了微博，你正在单曲循环突然发现她也听这首歌，你爱《灌
篮高手》，正好她是樱木的拥趸，你逛街转过一个拐角都能正好遇
到她，于是你认定了你们的缘分。只是这样的巧合每天都能上演无
数次，你却只认定你和她的是缘分。你翻到一个页码都能想到她
的生日，你听到谐音都能想到她的名字。为什么你会觉得你们有缘
分？因为你满脑子都是她啊。

如果你满脑子是另外一个人，大概你也能发现这样的缘分。

你和她在一起的时候，走在路上觉得两棵树都像在谈恋爱；你跟她
分开以后，你觉得两棵树之间永远不会有任何联系。

那天看着大然不停地哭，我突然间明白了，失恋这东西别人没办法帮你。哪怕我和芋头说了一大通，她自己没想通那还是白搭。

在某个时刻，失恋是件可生可死的大事，谁都爱爱情胜过爱自己。所以没得到的拼命想得到，想逃开的拼命逃跑。谁都能为了爱情委屈自己，只要对方是你爱的。你倾注了全部，把对方当成全世界，对方走了，你那时的世界也就塌了。

许久以后你会明白，世上失恋的人有一大把，大家都好好活着。感情只是人生中的一部分，还不至于是全部，你以为天塌了，其实只是你没站稳。

你失恋不是因为你不够好、不够高大、不够帅气，不是因为你不够温柔、不够体贴、不够漂亮，更不是因为你在这段恋情中做错了什么。很多情侣常常吵架、又爱又恨却还是得以善终，很多情侣经常做错事惹对方生气却还是天长地久。

这样的关系，是你能在这段感情里尽可能地做自己，而不用担心你的明天会没有他。

一个人永远不改变的话，他就会遇到相同的事情发生在他的身上，在爱情中尤为如此。

我们常看到有好友在感情上重复犯着之前的错误，最后都是悲剧收场，让人无奈。

很简单，如果你常去夜店寻找，那么你遇到的对方十有八九是逢场作戏；如果你常因为寂寞而跟别人谈恋爱，那么你遇到的对方八成也是因为寂寞跟你在一起；如果你只是因为想要找个人过日子，想有个人在意你，那么你遇到的对方大抵也是如此，你们的日子除了将就还是将就。

同样地，如果你不能接受自己的缺点，那么对方也很难接受你的缺点，因为你在他面前亦步亦趋、小心翼翼；如果你每次挂完电话之后都会担心没有明天，那么你们的感情很可能就没有明天，因为你们双方都没有十足的安全感。

与其一直踮着脚取悦一个人，不如先好好爱自己，直到有天不用踮着脚也能让他看到你。如果你们两个人一直处于不平等的状态，那么过不了多久，你们就会失衡。追赶的那个辛苦，等待的那个心焦。和同频率的人相爱，才能听到对方的心声。

失恋的意义在于成长，在于不让你一而再、再而三地重蹈覆辙。成长远比匆匆投入另一个人的怀抱有意义，成长才不会让你的感情一次次地不得善终。

失恋这回事儿，往大了说是让你成长的好机会，往小了说是让你摆脱了错的人。在遇到下一个喜欢你的人之前，保持一段理智的单身时间，在对的时间遇到对的人，是一种幸运。这是以后最需要耐心等待的幸运，给未来的那个他和自己最好的礼物，就是变得更好、更温柔、更幸福、更懂得珍惜。

爱情从来就不是一件可以以等价交换来衡量的事。不是说你爱他爱得要死了，他一点儿不爱你就是铁石心肠。爱一个人是不以他是否爱你为前提的，你爱他是你自己的事，你从一开始投入时就该明白这或许是没有回报的。你愿意在这件事上犯傻不是为了将来回忆说自己多么冲动，而是你曾经也不计回报地青春过。

只是这样的傻也是有保质期的。

怎么说呢？这尼玛的。如果你再怎么糟蹋自己失魂落魄，你也觉得没关系你乐意，那请继续；只是如果你已经很痛苦，不想再坚持了，那就让它过去。虽然也许放下很难，但请先好好对待自己。毕竟二十多年来你经历的一切，不是为了遇见一个让你糟践自己的人，你说是吧？

实在难受就去吃东西啊，白痴。

249

失 恋 这 回 事 儿

/

BGM: 周杰伦《晴天》

遇见总有意义，
哪怕只是告别

曾经在心里住过的故事，今天就让它告别吧，有一天你终会对那些在你生命里住过又离开你的人提不起一丝恨意。总有一天我一定会忘记我为什么爱上你，但还好告别前我们都握紧过。如今的我终于可以确信，我来到这个城市，也许就是为了遇见你；而我遇见你的全部意义，就是为了与你告别。

在我把Kim哥的故事写完之后，他不依不饶，说虽然感激我，但让我怎么着也得把自己的故事写下来。

我说："尼玛，你不知道写自己的故事是比较复杂的事情吗？"

他以我前所未见的正经表情对我说："卢思浩，这就是考验你的时候了，你这货从来不写自己的故事，这就是看你是不是真的走出来了。"说完，那浑蛋居然还用力地拍了一下我的肩，深沉地点了下头。

我想了想也是，就坐下来试着把一些事情在忘记前记录下来。

故事的开始，要从Jimmy的生日趴说起。我和Kim哥聚会十次能疯九次，唯一没疯的那次就是遇到她。那时Kim哥还没有分手，照样各种腻歪让我们很是蛋疼。同样鸡皮疙瘩掉满地的还有她，以至于她对我说的第一句话就是："Kevin哥，他们两个多久没见面了？"

我用力地想了会儿，说："我猜，应该是从早上Kim哥去上课开始……"

那时候的夏天，我们都还算无所事事，整天混在一起，怎么在一起的连我自己都说不清。大概所有说不清的顺其自然，到后面都会有说得清的分道扬镳。我们度过了一个很开心的夏天，然后如同身边情侣大多都要经历的，我们开始了异地恋。

异地恋最麻烦的事情在于，你没有办法在她需要你的时候赶到她身边。异地恋的唯一好处大概只有，你们避免了很多情侣生活中会面对的小摩擦。虽说我们早就过了相信真爱无敌的时段，但我依然相信异地恋本身不会导致太多影响本质的问题，能熬过去的终将能熬过去，会分开的迟早会分开。

就好像我的好友和女友异地六年，一个在澳洲、一个在美国，感情至今依旧，不久以后就会结婚修成正果；自然身边也有异地然后输给距离的故事。其实分手每天都有，有人天天见面还是会分开；有人相隔万里，也没分手，一切都在于两个人自身。

区别只是我们没能熬过去而已。

现在的我，如果不是Kim哥提起来，老实说已经不会经常想起你了。我以为这么写的时候我会很难过，但好像也就是这样而已。我们终究要习惯分道扬镳，你终究会遇到几个曾经住在你生命里、然后离开的人。这不好也不坏，关键在于你能怎么看待它。难过、失落都是正常，但之后你总能度过那段时期。

回国之后我们如约见面，你和我说分手。你用了一个当时我百思不得其解的理由，你说你不是不爱了，而是不知道怎么去爱了。我说："你是呆逼吗？"你说："没错啊，我就是呆逼，就是因为呆逼我才不知道怎么去爱的，你懂不懂有一种东西叫作付出了怕失去？我们从一开始就不在一个频率上，你不要告诉我你没察觉到。"

我说："傻×，距离什么的可以弥补，你只需要走一步，剩下的九十九步我来走，行不行？"
你说："那既然如此，我为什么不去找一个一开始就能跟我并肩同行的人？为什么要等你走九十九步，而不去寻求一个在同一频率的人？"
我说："你不觉得只有这样的感情才算是真的吗？"
你说："那你就错了，谁说只有经历九九八十一难的感情才算是真的？你难道没想过很多时候很多问题其实是可以避免的吗？"

这是我们最后一次面对面说话，没想到我现在还记得每一句。那时候彼此都在火头上，现在想想谁都没有错，只是那时候时机不对、想法不同。有人就能一下子遇到特别合适的，有人偏偏会在错的时间遇到错的或者对的人，你也说不清为什么。

那时我常想，说不定晚点儿遇见你我就能成熟点儿了，后来又觉得或许我在你面前，永远成熟不起来。

分手后的第二天，我收到了你的长邮件，让我注意身体，不要熬夜，多喝牛奶，记得热一热。如今那个邮箱的密码我都已经丢了，邮件也不知道去了哪里。

也不是说从来没有担心过距离什么的，但那是我们感情最好的时候，大概当时的我们谁都没有想到距离是那么严肃的问题。后来很多人都问我，距离到底能改变什么。我说距离什么都改变不了，但那前提是你要意识到距离是什么样的东西。有的东西，会因为距离而实实在在地改变，如果你意识不到，很多东西，说溜走也就溜走了。

这世上最令人害怕的一件事情是当你最需要爱的时候，你需要的那个人却不在。你和我说你大学里的教授只会坑学生，你说你大学城旁边的商城里贴起来五月天的海报；我对你说堪培拉今天下雨了，给我上ECO①的老师特别搞笑，我在电话这头想着印度老师的口音一阵好笑，你好奇地问我是怎么回事儿。我突然发现，我怎么也学不像那语气，后来我去你的大学，五月天的海报早就换成了我不认识的组合的。

我们是一个高中的，但是直到死党介绍我们认识的时候我们才知道了这些。奇怪呢，高中三年我一直是个不怎么安分的人，大大小小的人我也认识不少，怎么偏偏没有认识你呢？我总打趣说，你高中时肯定没现在这么漂亮，不然我早就认识你了。

你说那是因为缘分还没到，早认识了说不定就不能在一起了呢。我说那倒也是，认识之前我们说不定擦肩而过无数次了。

那时候我刚开始写东西，杂七杂八。有一天我给你写，遇到一个喜欢的人，就是她会让你觉得你们的相遇是一件值得被祝福的事情。

---

①ECO：Ecology（生态），Conservation（节能）和Optimization（优化）。

你一拍脑袋，说："尼玛真想不到你也会矫情，不过有道理，我觉得我们肯定是会被祝福的那一对。"我心说，去你的，你矫情起来全世界都不是你对手。那时候我经常坐飞机，你总说不准出事。有一天你突发奇想硬逼着我写你的缺点，写着写着我就写出了一长串。你作为报复就在一旁列了一个我缺点的大单子，硬是凑到比我写的多一条，然后在优点的那一栏里写：因为你是你。

到后来我才知道这是《老友记》里罗斯和瑞秋做的事，他们分分合合绕了无数个圈，六年后又在一起了。

刚开始异地恋的时候，你有一天发信息过来说："我朋友都觉得我已经病入膏肓了。"我说你怎么了。你说："因为他们觉得我无时无刻不在盯着手机看，上课看、吃饭看，上厕所也带着。"

然后你说："要不是因为我们之间只能靠短信联系，鬼才傻×样地握着手机不放。"我说："你看我就说吧，你矫情起来，全世界都不是你对手。"你说："尼玛，那不还是因为你？"

其实还有很多事情可以写，但我回想起来也只能想到这么些要写的事情。时间不见得总是好的，但它总能把很多事情抹平。我见过太多分手，要么彼此折磨，要么吵得天翻地覆，我一直庆幸的就是我们分手的时候，不诅咒对方，也不真诚地祝福。美好的该记得就记得，毕竟曾经陪伴过；糟糕的能忘就忘，本来也没什么好记得的。

刚分手的时候，自然没能像现在写得这么洒脱，很是难过了一阵子。于是想着到处旅游散心，就把以前说着要一起去的地方都去了。那个时候我突然发现，失恋后的世界和恋爱时的世界其实没什么两样。如果有心，你照样能发现闪光的那些；如果你没那心情，再美的风景都是白搭。

本来想着有关你的故事可以写个大长篇，就像当初说的那样，每个人的感情故事都可以写成长篇小说。但写到这里突然发现没什么好写的，以前的事情，放在以前就好。学到的东西，把它留到现在。有些人遇见，就意味着告别，不甘心也好，甘心也罢，随着成长我开始变得越来越能够接受，也越来越懂得珍惜。我想，这就是以前那些没有结局的故事的意义。

Kim和我说我给他总结的故事棒到他想给我生孩子，又问我会怎么总结自己的故事。我想了很久，发现没有什么好总结的。大多数人在生命里都会经历至少一次的失恋，你会明白有些东西是没办法强求的。也只有这样，你才能学会以前学不会的东西。比如珍惜，比如坚持，比如如何看待异地恋。

任何一段感情，如果让你回忆起来心存感激，或者让你变好的话，那就不算一段错误的感情，说明你没有遇错人，你们之间的相遇就有意义。没有什么感情是浪费时间，只要在那段时间里你们彼此祝福过。

关于异地恋，距离或许是问题，但并不是本质问题。有人能够坚持下去，也有人会放弃。只要你还相信，他也在坚持，就没有什么好怀疑的。我相信的不是条件多好的感情，我相信的是人。没有靠谱儿不靠谱儿的感情，只有靠谱儿不靠谱儿的人。所以我希望，我们都能在不断的失去和得到中，变得更加靠谱儿些。

关于对的人，都说之后总能遇到对的人，可是又说不清什么才是对的人。我也不知道什么才是所谓的对的人，只是我觉得其实不需要那么多条件，反复地挑挑拣拣。只要你在对方身边，温暖来自内心就行，你不会患得患失没有安全感，其他的都是锦上添花。所以，希望你能遇到这样的人，不必费尽心思去考虑什么才是真爱，你能够感受到那些。

关于最后想对你说的话：有些人想要联系的时候突然联系不到了，尽管她曾经是你生命里特别重要的一部分。即使是我们最需要彼此的时候，我们也没能陪在对方身边。然而我希望现在的你，在需要某个人的时候，他会在。

好了，我还是把这篇文章写完了。现在我要抄起家伙去打Kim哥了，这尼玛真的很难写，但我也庆幸，如今我可以把这些都写下来。

希望每个看到这里的人，都能安好。

遇见总有意义，哪怕只是告别

37.2℃

很年轻时你谈起恋爱就奋不顾身、飞蛾扑火，后来烧退了、梦醒了。之后不是没遇到好的，只是温度没那么简单传到心里了。你也知道两个人终归比一个人温暖，但你还是在等。你说那人出现时，你的温度会从心里传来，你不害怕发烧，因为对方和你一样。这种感觉让你安心，就像看着万家灯火、漫天星星和稻田里的萤火虫。

《董小姐》刚风靡起来那阵，D小姐在微信群里非常兴奋地和我们说："你们听过《董小姐》没？那就是形容我的。我就是那个有故事的女同学。"

Kim说："你是在暗指自己是野马吗？丁同学？"

D小姐速度回击："放屁，我说的是这首歌描绘出了我那刚烈不屈的女强人形象。"

事到如今我依旧没搞清《董小姐》这首歌和女强人之间的联系，D小姐并不是如她所说，是没有故事的女同学，但同时她确也正在以野马的速度奔向女强人的地标。尤其是在她考完女博士，并且开始准备自己的paper（论文）时，剪了一头短发的她越发符合她给自己定下的标准。

或许那首歌和她之间的唯一联系，只有"你才不是一个没有故事的女同学"这句话，另外还有她的姓——丁的首字母也是D。

当然所有野马一开始都不是野马，如果可以，我想她们或许也会选择停留在某片草地上。满脸贴着"老娘才不用靠男人"这一标签的丁小姐，20岁时的志愿还是为爱的人洗衣做饭相夫教子。在她一骑绝尘奔走之前，她也曾想在原地停留。

丁小姐刚满20岁那年，大二刚刚念完。她决定陪男友去法国读书，当然出国这件事也是她家里敲定的，但她没有和爸妈说之所以会选择法国是因为男友。手续都办妥了，两人却在出国前大吵一架。原本他俩的计划是读完之后就回北京，她男友那天偶然说起自己的计划一直都是留在法国。这和他们之前的计划完全不同，但这并不是丁小姐生气的理由。

丁小姐生气的是，直到他们要出发了，她才得知对方的真实想法。那天看着两眼放光的他，问："你是不是怕我知道你的计划，就会不陪你去法国，所以你才一直瞒着我？"

决定好的事情不好再改，而且这并不算是一件小事，他们还是按照计划出发了。用丁小姐的话来说，只要两个人能在一起，未来在哪里都一样。

我本以为故事会这么告一段落，直到我前阵子看到丁小姐发朋友圈说自己回国了。我回她："你们怎么回来了？不是还说要在法国大展宏图吗？"
丁小姐淡然地说："我一个人回来的，分手了。"

Jimmy喜欢丁小姐，这不是秘密，当然对某人除外。那天在微信群得知丁小姐喜欢《董小姐》之后，每次我见到他的时候，他都哼着《董小姐》。尤其是那句"爱上一匹野马，可我的家里没有草原"。简直像是说出了他的心声，于是他每次哼这首歌一定从这句话开始。

是不是野马，有没有草原，都不是本质问题。野马再奔腾，也总得停下来休息。如果她真的有心留在这片草原，她就会留下来；如果她不喜欢你这片草原，哪怕你把撒哈拉沙漠都变成了草原，她照样要奔向远方。

Jimmy告诉我，丁小姐在去年就与男友分手了，因为她男友劈腿了。那是她第一次觉得付出不一定会得到相应的回报，在当时知道自己不在他未来计划里的时候，她就应该果断离开。

人们总习惯为一个给不了未来的人付出太多，却不愿意为了一个看不清未来的梦想而万死不辞。其实应该反过来，梦想不会因为看不清未来就离开你，只要你决定坚守，它就还在；而从一开始就没把你列在未来计划里的人，永远不会把你放在计划里。

后来的故事你们也知道了，那天，丁小姐看着信誓旦旦发誓的男友，突然觉得一阵好笑。在这之后，丁小姐拿出了自己之前积攒的所有坚决，跟他一刀两断，从此以后她便像脱缰的野马策马奔腾一发不可收拾。

她说她是一个中毒的人，本以为他是她的解药，可以让自己卸下所有防备。可偏偏他是庸医开出的药引，让她的毒更深。从此她只能把自己变成妖怪，变得百毒不侵。

她不知道的是，有个人录了好几天的《董小姐》，却始终不敢给她听。在我们眼里，Jimmy这货虽然闷骚，但比她的ex好上不知道多少倍。即便如此，他们之间的距离却越发向着"一辈子的熟人"靠近，不可逆。

大部分爱情的苦恼是，让你中毒的人，却不是你的解药。

说个不那么苦恼的故事。之前在《你想要的爱情》里提过的跟我同名的Kevin，今年结婚了，结婚对象就是之前他在游戏里认识的那个姑娘。

还记得他刚开始告诉我们他谈恋爱时，我们那副不置可否的样子——当然没有人会看好一份在网络上认识的感情，更何况两人隔了一万公里的距离。但是就在最近他们结婚了，之前闹腾得最欢腾的几个人都闭上了嘴，没有人再去怀疑他们的感情。

这个世界自有一种诡异的力量，被你吐槽最多、最不被人看好的感情，大多可以坚持得比你想象的久得多。平时从来不肉麻的他，在寄给我的结婚录像里面，对新娘说："我之前遇到过很多人，有的让我发烧，有的让我发冷，有的只是让我觉得温暖，只有你让我的体温上升得刚好。你是我所有病症的解药，嫁给我。"

同为Kevin的我就没有他那样的机遇。我在去年相了一次亲，过程没什么好说的，两人吃饭彼此都难掩尴尬，又深知彼此都没到草草结婚的地步，匆匆吃完埋单，再也没联系过。我自然深知相亲不失为一个很好的解决办法：彼此能最快地知根知底，有房有车，能省去很多磨合和家里的阻碍。

但是总觉得有种去超市买菜的感觉，彼此过去二十多年的年华被换算成数字，打上标签，似乎性格什么的都无所谓，只要有房有车户口在市区就可以顺其自然地结婚。这样和去超市买菜有什么区别？无非是你的价格比白菜高一些。为什么一个人一直很努力地生活，到头来要像卖不出去的限时商品，放在柜架上打折出售？

如果这样，我宁可选择和丁小姐一样，变成百毒不侵的妖怪。在还不愿意将就的时候，就不要将就。

说回丁小姐，上个月丁小姐试着恋爱了，我们原本还担心Jimmy的反应，但Jimmy表现得很洒脱。我们都看得出来，那并不是装的。这样也好，不如断了念想，他这六年的暗恋终于能画上休止符，也是幸事。我无从想象是什么样的人能把变成野马的丁小姐hold（掌控）住，当然这从来都是丁小姐自己的事。

百毒不侵的妖怪自身也带着让人无法靠近的毒，而解毒的办法只能是以毒攻毒。或许妖怪的宿命就是行走于世间，直到遇见另一个妖怪，同病相怜进而同甘共苦。

我开始觉得每个人的解药，都是时间。这是世界最公平的真理：时间把你带给一个人，让你中了一身毒；自然它会在之后把你带给另一个人，把该给你的解药给你。不要怪一开始为什么让你中毒，谁让你不知不觉中给别人下了毒呢？或许在你不知道的情况下，有人已经爱过你十遍了。

在你的毒解开之前，你要等，你要保持耐心，保持充实自己，要强大到你们相遇的时候，他一眼就能看到你。总得有个人来到你生命里，你才会明白为什么你和之前的人都没结果。

前天听朋友介绍看了一部电影，名叫《巴黎野玫瑰》。文艺电影我从来就没几个看得进去的，这个也是同样。直到看到片中的一句话，我才突然明白，为什么他说她是他的解药。

——"爱情的来临使人的体温上升0.2℃。"

"我遇到过很多人。有人让我发烧，我以为那是爱情，结果烧坏了所有。有人让我发冷，从此消失在生命里。有人让我觉得温暖，但仅仅是温暖而已。只有你，让我的体温上升0.2℃。"

所以最后，希望每一个你，无论你的名字是什么，都能找到属于自己的37.2℃，找到愿意义无反顾另眼相待的那个人，找到你行走于世间的解药。

37.2℃

/

软 肋 和 盔 甲

有人说，爱上一个人的第一反应是好像有了软肋，又像是有了盔甲。那时我想，那一直爱着我的父母是什么感觉？突然间明白父母从某种意义上就是我的软肋和盔甲，他们永远是支撑着我的力量，也是世上最能牵动我心的两个人。

在堪培拉的时候，好友每天给他爸打个电话，聊上十分钟说说一天的概况。有时候我觉得这样没有必要，有时候又很羡慕他和他爸有很多话可说。

我爸突然打电话给我，我这里已经是凌晨，看到电话号码的一瞬间心突然咯噔一下，怕是什么坏消息。接起电话，我爸说了一句："没什么，就是你妈想你了，什么时候回来？"

简单几句之后，我爸就把电话挂了。老实说随着离开家的时间越来越长，我跟爸妈联系的次数也越来越少，刚出国时我妈每天都要和我视频，现在我妈在QQ上也差不多一个月找我一次。不知道是越来越独立，还是已经到了和父母关系的分水岭。

我妈从来不会像她朋友一样，给自己的儿子时不时来段肉麻到死的话；我爸也很少给我打电话，只有一个月一两次在我的QQ上没头没脑地留句话。从小到大，我和我爸妈的相处方式就是这样：话不多，没那么多交流，一起旅行的次数也只有小时候的那几次。

回国那阵子一起吃饭的时候，偶尔，我妈会讲讲我小时候的事情。说那时我7岁了，有一次我妈对我说我7岁了，可以自己出去玩了。然后我就在中午偷偷地溜出家，跑到我妈单位去找她。结果我迷路了，我妈下班之后差点儿没后悔死对我说这句话。后来我妈接到她同事的电话说我在我妈单位。

这件事情如果不是我妈提起来，我已经完全不记得了。在我妈说这件事的时候，我看到奶奶在一旁偷偷地抹眼泪。

这不是我第一次看到奶奶抹眼泪。也许年纪越大，反而就越会像个小孩子。奶奶买了新东西就会像小孩子一样开心半天，还偷偷藏起来又忍不住窃喜。我印象里只见奶奶抹过三次眼泪，都是因为我。第一次是我出国的时候，进海关之前我回头看了一眼，看到奶奶在偷偷哭；还有一次也是我又要离家，我没让家里人送，奶奶给我递行李的时候，忍不住哭了。

我不知道老人在送孙子孙女离家的时候是什么心情，也不知道不懂电脑不懂手机的他们要怎么才能知道我的消息。我不知道他们在看到儿女长大不再需要他们的时候的心情，更不知道他们看着我们长大到底是开心多一些还是不舍多一些。我们拥有他们年老前的最后一点儿时光，而他们却不再拥有我们。时间真的是这世上最残酷的东西。

细细想来，我妈接触所有的新鲜事物都是因为我——QQ、微信、微博。老实说我很讨厌他们无孔不入地关注我的生活，却又无法想象我不在家的时候他们看着我空荡荡的房间是什么心情。我妈是我的英雄，她从来不示弱，从来不在我面前难过，唯一的一次是她在我上网的时候，突然来了一句，说从小我就是这样独立的个性，长大了觉得与我的距离越来越远了。我那时戴着耳机，其实耳机里音乐并不大听得真切，却只能假装赶稿连头都不敢回。

我知道我的父母是我的软肋，只要他们出了一点儿问题，我就一定会赶回家。而如果他们想让我有另一种生活方式，或许我也会挣扎纠结，试着说服他们或者说服我自己。在一个人20多岁的时候，自己的理想和父母的希望之间的冲突在某种程度上无法调和。然而我知道，他们只是想看到我的决心。

而他们是我的盔甲。每次我低落了、难过了，只要想到他们就充满动力，想着自己牛逼的速度一定要超过他们老去的速度。或许我们在为了感情挣扎、为了梦想拼搏，或许父母某种程度上是我们甜蜜的负担。但是想到他们，就觉得挫折和困难其实没什么大不了的。

天塌下来，你们就是我寂寞天地中的大英雄。
天暗下来，你们就是光。

软　肋　和　盔　甲

BGM：　陈奕迅《单车》

生 日 快 乐 ，
我 生 命 中 的 大 英 雄

有很多时候我都想回到过去重来，后来觉得无所谓，反正回去都一样，该走错的依旧会走错。然而后来有无数次，我想回到小时候，那样奶奶还比我高，我还常去爷爷那儿蹭饭，妈妈没有现在这么累，而爸爸还是我印象里那个永远不会倒的超人。

小时候住得偏，去市里要坐很久的公交车。那时我常缠着奶奶带我去市里，也不管天气多热或者她身体好不好，奶奶总是有求必应，有空就会带我去。那时候公交站还没有站台，也没有座位，只有一个站牌。奶奶怕我被太阳晒，总是叫我躲在她的影子里。

我小时候对奶奶的印象，就是这样。她是我的超人，她的背影总是很高大。

那时候去书店是经常的事，哪怕要坐一小时的公交车我都会去，坐在公交车上的我比谁都满足。除了买必要的参考书，我都会缠着我奶奶给我买很多漫画。我和奶奶建立了伟大的联盟，一致对外，这些漫画奶奶都会偷偷帮我留着。妈妈有时不让我看电视，我就会跑到奶奶房间里看。就是这样，我在懵懂又偷偷摸摸的情况下读完了《七龙珠》，看完了《灌篮高手》，还有2002年的世界杯。

后来我爸换工作了，读初中时我到了市里。离书店近了，不用再坐那么久的公交车，却又舍不得打车，就每次都走路去。那时候的书店，刚翻新了第三层，所有参考书都集中在三楼。楼下开了个冰激凌店，那是我和小伙伴的常驻地。也是那时候，电视里有了点歌台，我听到了周杰伦的歌，书店的二楼有一块专卖音像制品，我偷偷买了很多卡带，把卡带偷偷放在英语卡带的卡盒里，每天睡前都会听。

只是，可能因为我想证明自己的独立，每次我奶奶提出要陪我去书店，我都会摆摆手说不用。后来我仔细回想了一下，初中以后，我就再也没有让奶奶陪我去过书店。

再后来，书店变得越来越大，却再也没有卡带可以买。

我认识妈妈的时候，她还只有23岁。我猜想，妈妈第一次见到我的时候，一定是她这辈子最美的时候。只是那时的我一定在不停地哭，所以忘了看妈妈最美的样子。

小时候电视里放《四驱小子》，我吵嚷着要买一辆四驱车。我妈一直没表态，到后来我自己也把这事忘了。我爸换工作之前，我妈很少有机会去市里。记得有一天我妈一脸兴奋地让我猜她给我带回来了什么好东西，我一脸茫然。然后她把四驱车放到我的眼前，我现在早就忘了那辆四驱车去了哪里，却一直记得我妈的表情。

印象里的妈妈总是很啰唆，经常可以把一件事情翻来覆去说上好几遍。我上高中的时候，因为叛逆总是和妈妈作对。通常都说不上三句话，我就会不耐烦起来。明明每次看到有关父母的文章就心疼得要死，明明知道妈妈为我付出的那么多，可我还是会和她怄气，还是惹她生气。

再后来，我就出国了。

妈妈有个习惯，就是每天早上会来我房间打扫。爸爸有一天和我说，妈妈一天早上去我房间里打扫，半天都没出来。被子叠了一次又一次，桌子擦了一次又一次，衣橱整理了一次又一次。我想我懂妈妈的心情，却又无法想象她的心情。

刚出国的前两年，每次我走的时候，妈妈都会偷偷抹眼泪，怕我看到难过。记得有一次我回头拿行李，妈妈的眼泪就下来了。那是我这辈子唯一一次看到妈妈哭，我根本不知道说什么，只好假装没看见，说句"我走了"，拖着行李头也不回地往前走。妈妈每次都不会送我到海关口，她永远都是陪我领完登机牌，就在原地等着，让爸爸陪我去海关。平时总是唠叨不断的妈妈，那次什么都没说。那时候我还觉得奇怪，后来才明白，妈妈是不想让我觉得她舍不得我。

爸妈才是假装坚强的人。

我房间里放着一些照片，都是很平常的照片。照片中的我是小学生，奶奶那时候还比我高一点儿，爸爸总是不修边幅，妈妈还没有剪短发。照片是我拍的，所以手法很笨拙。有些照片里妈妈被柱子挡住，爸爸总是吃东西吃到一半，奶奶总是没在看镜头。难得有几张是拍得好的，妈妈一本正经地摆着剪刀手，奶奶笑得特别开心，爸爸搂着妈妈。

以前我总想着有时光机，就可以弥补所有错误。后来我发现我没有什么要重来，虽然成长总体来说是件很操蛋的事情，但是我从来没有畏惧或者抵触过成长。我认为我之前的人生里，所做的答卷还不错。错过的人、爱过的人、走过的弯路，都没什么。再来一次，我可能还是这样。

而我真的想要重来的，就是想回到那时候，把照片再多拍一点儿、再拍好一点儿。

看照片的时候，又一次真切地觉得，爸妈的青春都不在了，他们曾经也有梦想，也曾风华正茂。只是有了我之后，他们毫无怨言地把他们的梦想变成了我，把所有精力都放在了我身上，我过得好，他们就好。一个人觉得过不去的时候，就想想身后的家人，这就是我们坚强的理由。

不管我成长得多迅速，和爸妈老去的速度比起来，还是太慢了。

只希望我能够变成让你们骄傲的样子，而我有一天有了孩子之后，一定要变成像你们这么棒的爸妈。

很巧的是，妈妈和奶奶是同一天生日，都是腊八。如今又一年过去，想着为你们庆祝，却又想让时间停下来。妈妈总是爱把我的微博从头到尾翻一遍，每条评论都会认真看。可是她啊，从来不是爱网络的人。我想如果没有我，她连微博是什么都不知道。

妈妈，明天一早起来，您就能看到这篇了吧？我已经可以猜到您想说什么了。

好啦好啦，我一定会尽快给您找个儿媳妇回来的。

这篇文章，给你们，我生命中永远的大英雄。

生 日 快 乐 ， 我 生 命 中 的 大 英 雄

🌤 BGM： 周杰伦《听妈妈的话》

愿 我 们 都 被 这 个
世 界 温 柔 地 爱 过

成长不是发现世界越发黑暗的过程，而是发现世界越发复杂的过程。儿时觉得世界美好是因为简单，爱你的人都为你阻挡了复杂。世界没有很糟糕也没有很美好，它只是复杂，只有好的一面和坏的一面都不代表真实。成长就是认识到这些，然后相信自己，选择相信的。

其实每个人都被这个世界温柔地爱过，为此，就得把这份温柔传递下去。

（一）

在我小学五年级的时候，我树立起我人生第一个伟大理想——那就是变成非常牛逼的篮球运动员，然后把初中的那些高个儿全部赢个遍。那时我刚看完《灌篮高手》，湘北打翔阳，三井寿实在太帅了，从此我便喜欢上篮球，一发不可收拾。

那时上学途中，我会经过一个篮球场。那是我们镇里类似于文化中心的地方，篮球场左边是图书馆，右边是大片草地，时不时就能看到有人踢球。那时候踢球是件简单又快乐的事，连球门都不需要，把书包摆在草地上就能当球门。

那年中国足球居然进了世界杯，然后很快打道回府，而姚明则以状元秀的身份登陆NBA。

五年级的我和我的小伙伴，那时起就每天和一帮初中的高个儿一起打球。每次不管是比投篮、比罚球还是斗牛，我都是被完虐。某天我被一个高个儿完虐，他放了一句狠话，原话我已经记不清了，只记得我怒不可遏。那天起我暗自发誓一定要赢过他，让他心服口服。

于是我每天加倍练球，练到满头大汗。终于我觉得我可以再和他比赛了，却再也没有见过他。

再后来，这个所谓的篮球梦想也消失了。回头想想觉得一阵好笑，儿时总有一些莫名的想法，在当时却又有不知从何而来的笃定，笃定那就是会实现的东西，而自己就是为这个梦而生的。

去年过年，我回乡下，想着去曾经的篮球场打球，却没想到那里已经变成了居民区。图书馆不见了，草地也随之消失，就连小时候常见的小河也不见了。

事到如今我依旧不知道科技和城镇的发展是不是好事，就好像那天我盯着居民楼发呆，想着消失的或许不是篮球场，也不是那片绿地，而是我们自己。

（二）

最近的强迫症越发严重：左右耳机不能戴反，否则就会觉得别扭，上厕所的时候如果不找点儿字来看可能会死，睡觉的时候如果不在脑海里构思个剧情一定会失眠，洗澡则是思考人生的好时机，尽管每次洗完澡我就忘了我到底在思考些什么。

听歌已经变成我生活的一部分，一有时间独处的时候我就会听。我一直在想音乐和文字对我们来说到底意味着什么，后来我觉得音乐和文字能有什么意义，就在于接触它的时候你处于什么样的心情。忙碌时，你会没有心情听歌；失落时，某些歌却又像鸡血一般让你热血沸腾。

很小的时候，电视里一直放周杰伦的歌，那时候就觉得这个家伙够拽，《双截棍》是我的最爱，觉得这首歌简直拽爆了。那时候也爱听周杰伦的其他歌，但当时我不觉得这些歌对我有什么特别的意义。奇怪的是长大了以后，反而发现杰伦的歌里面有种特殊的味道。每次听起来都是一阵感慨，心情也会随着旋律而改变，我想大概是我们都到了能听懂他的歌的含义的时候。

我们都可耻地长大了，而那些音乐依旧年轻。

当然我依旧爱着从小就喜欢的漫画，比如《灌篮高手》和《七龙珠》。我也爱着看了好几年的美剧，比如《老友记》和《迷失》。我一直不舍得看这两个系列的结局，尽管我早就看了无数遍，可每次看到结尾的时候，还是觉得不要看下去比较好。不看下去就不会有结局，不看下去就不会有告别。

我突然明白，或许不管是文字还是音乐，还是其他一些什么，只要你用某种方式把那些记下来，它们就会变成你的一部分，你们就变成了互相陪伴的状态。陪伴这种东西，你很难说清它到底是什么，甚至很多时候你对它不以为意。只有在某个时刻、某些特殊的时间点，你才能感受到它的力量。

我想，作者和读者应该也是这种关系，我分享我的故事，我很开心你愿意听我说话，甚至会把这些话记在心里。陪伴永远是相互的，我想世上还有人能和我在某个下午看同一本书、听同一首歌，就觉得世界其实没那么冷漠。

你愿意听，我愿意讲；如果你愿意讲给我听，我也会用心听。

（三）

说说我在的城市。

墨尔本是比较文艺的地方，这种文艺是这个城市文化的一部分。比起悉尼的商业化，墨尔本显得沉静些。咖啡文化是墨尔本的城市基因的一部分，在城里你每走一条街都能发现四五家咖啡店。对于这里的人来说，这是他们生活的一部分。

在我住的地方不远，有一个公园，我每天早上跑步都会去那个公园里跑一圈。因为我工作日总熬夜的缘故，跑步基本集中在周末清晨和周三一早。跑步时能遇到很多同在跑步的人，大多都和我一样戴着耳机，自顾自地跑着。

跑步是难得的锻炼项目，随时随地只要准备好，除了天气以外没其他特别的限制。遇到一起跑步的人时，心情会莫名地好。大概是知道了世界上有很多人和自己一样，保持着跑步的习惯。或许每个人跑步的原因都不尽相同，但至少那时候能感觉到大家是同类。

我坚持跑步的心理其实特别简单，我对于很多锻炼项目都是半途而废，不是觉得没时间，就是觉得太辛苦。后来我告诉自己不能再这么下去了，我必须找件事情来做。我一直很羡慕那些早起跑步的人，羡慕跑步者的姿态，也想借着跑步的时候放空一下。

羡慕是世界上最无力的力量，你明明可以和他们一样，可你却给自己诸多借口不行动，甚至于在某些时刻你自己都快相信自己的借口了，可下次你偶尔遇到让你羡慕的事情，你的神经还是被挑动着。

如果你真的羡慕，那就去做那件事情。如果你想要变成他们的一分子，那你就和他们一样去自己想去的地方、做自己想做的事情。我是幸运的，因为跑步这件事情想起来困难，但其实很简单。挑几首自己喜欢的歌，做些简单的准备活动，穿上最舒服的跑步鞋就能出发。

跑步的时候听到自己喜欢的歌，再看着城市渐渐苏醒，我觉得特别踏实。很多人都问我要怎么养成跑步的习惯，其实很简单，行动起来就好了。我当时就想着，这件事情我一定要坚持到自己的极限，我就想着"尼玛，我倒要看看自己能坚持多久"，然后就真的坚持下来了。到后来成了习惯，已经不会去想坚持不坚持的问题了。

除去跑步和日常生活，在墨尔本这么多日子下来，最大的感触就是这里的人不会随便对别人指指点点，也正因为如此，在街上你可以看到很多街头艺人。他们大多不在意别人的眼光，或唱歌，或弹琴，或涂鸦。在州图书馆门口的草地上，你会看到很多人席地而坐，三三两两，或聊天，或看书，或放空。

身在异国他乡的坏处自然是孤独感和想家，但好处就是你不用那么在意别人的眼光。这里充斥着各色各样的文化和各色各样的怪人。刚开始对一切都充满好奇，到后来觉得其实没什么，和你擦肩而过的每个人都有自己的人生和自己的故事。

正是因为这里有各色各样的怪人，做各色各样的"怪"事，当你走在其中，你就会明白"这世界上有这么多怪人，我的怪也不算什么了嘛"，你就可以把属于你自己的个性慢慢保持下去。

没有人强迫你去接受他们的价值观，从而同化你。

这大概就是我最喜欢墨尔本的地方。

（四）

这些年看到了很多天灾，总是看着照片对着新闻一阵无力地感慨，总想着做什么去帮助别人，可又什么都做不了。明明发生在很远的地方，却还是一阵揪心。总以为我们离生老病死还有很远的距离，可生活的残酷却又一次次提醒我们生命的脆弱。

比起天灾，更让人难受的是人祸。这几年我们失去了很多生命，而很多人正在回家的路上，却没想到航班去了另一个地方。我们控诉，我们哀悼，我们比以往多做一些什么，我们比以往更愤怒，我们比以往更密切地关注每条信息。我们期待奇迹，却又没等来奇迹。

以前看电影《非诚勿扰》的时候，舒淇每次起飞时都会向葛优报平安。舒淇每次都发"起""落"，葛优则回"安""妥"。以前不明白这四个字有多大分量，现在才明白其实人生需要的不过就是这四个字：起落安妥。

小时候我们总以为世界是无比美好的，梦想这种东西，只要我们长大就会实现。长大之后我们都发现原来生活是另外的样子，因为落差，我们觉得世界糟透了。然而我觉得世界不是像人们所说的变得黑暗了，而是变得复杂了。

小时候我们只能看到事物的一面，就以为世界无比简单，因为简单所以美好，因为有家人的庇护我们不必面对生活。然而世界是这么复杂，它给你一点儿希望又给你一点儿失望，它给你一些美好的事情又让你看到它黑暗的一面。只是我们以前只关注了简单的一面，太想当然，所以当看到黑暗的一面时，我们就会被黑暗的一面吸引视线。

世界当然不是那么美好的，但也不是只有黑暗。总有人怨天尤人，但也有人过得很好，这两者共同存在于世界上。以前我不明白为什么长大以后的世界和小时候完全不一样，进入社会之后又和学生时代不同。其实世界一直都是这样，只是以前，有人为你阻挡了不堪的那一面。

如今你已经长大了，你必须学着接受自己的束手无策和无能为力，你必须明白世界就是有不如你所想的一面，这一面一直存在。这个世界势利、虚荣，却又真诚、善良。如今你要做的，就是变成像你爸妈那样的大人，用自己的力量把自己的优点和缺点全面接受，认识到自己可以做的，认识到自己无能为力的，然后尽力做好正在做的事情，然后像你的父母保护你一样去保护你想保护的每一个人。

很多人都问我，我是怎么保持乐观的。很多时候我想说，我并不乐观，从某种程度上来说我很悲观。我知道拥有就会有失去，有晴天就会有雨天，有天亮就一定有天黑。我只是学会了在拥有的时候用力抓紧，下雨的时候为自己打伞，天黑的时候开灯或者看部电影，冬天的时候给自己多加一点儿衣服。很多时候，自己的窘迫都是自己作出来的。

能接吻就不要说话，能拥抱就不要吵架，能行动就不要发呆，能团聚就不要分离。好的东西不要珍藏，今天能做的事不要等到明天。从现在起，答应自己的事就尽力做到，答应自己要去的地方就尽力抵达。世界太危险，时间就该浪费在美好的事物上。

愿每一个看到这里的人，在接下去的每一年里，都可以起落安妥。

288

愿 我 们 都 被 这 个 世 界 温 柔 地 爱 过

BGM: Dj Okawari *Peacock Romantic*

我 心 中
尚 未 崩 坏 的
地 方

庄家丰_RYON：在梦想与现实之间的那段差距，叫作行动。

委鬼钰斤欠：外婆走了以后，我明白最大的道理就是，爱我的人不一定等得起我。所以，要及时把爱告诉他们。我只希望自己以后每一个小小的成功、每一次小小的进步、每一则精彩的故事，都可以和你们一起分享。我辛苦奋斗来的，也绝不对你们吝啬。因为爱你们，因为不想留遗憾，因为我想让你们都参与我的生活。

三寸日光_遇见：希望自己能够一直温柔地对待自己，不强求也不放弃。

刘蔓贤－：原来真觉得有些人可以陪你很久，可以一直宠爱你，可是一切都会随着时间的改变而改变。就算是父母，就算是爱人，每个人都那么忙，有太多事情无能为力。我们能做的不过就是努力做好自己，做到问心无愧，再努力地给别人温暖。

yellow下个梦想是tvb和白举纲：两年前我大二，我的梦想是毕业时法学院光荣榜上有我的名字；一年前我大三，我的梦想是去"港中大"读书；今年我大四毕业，我之前的梦想全都实现了，大三这一年很辛苦，但是得到我一直梦想的回报我觉得很值得。自己要什么，只要努力争取过，将来即使不会成功，我也不会后悔。

有态度的大蓉蓉：梦想就是十多年前想做老师的小女孩儿在读着师范专业，我觉得这是自己在20年的生活中做的最牛逼的事。

super白浅浅：以前觉得背负梦想背井离乡叫牛逼，现在发现梦想中没有父母的身影叫傻×。路走再远，也要回家。

奥狸奥：我的梦想，就是有一份安定却不无聊的工作，朝九晚五，能从工作中获得成就感。还有一个小爱人，疼我爱我如昔。生活如此艰难，两个人在大大的世界，有微小却深刻的幸福。

王小白Dominic想做一只koala：曾经以为努力就可以得到生活里想要的一切，但是现实不断在教育我，每个人都有每个人的极限。当我开始趋于相信命运的时刻，我也发现，其实生活总在给我惊喜，所以我依然爱它，纵然它不是我最初期盼的模样，而我也相信其实这也是我看似无用的努力带来的。

我是男神杨的牛粑鱼21：考大学时想的是别的管理类的专业，却被征集志愿，被迫填了从未考虑过的俄语专业。现在在一个三线城市的普通一本学俄语，出国交换生的机会为零，每天的学习程度和高三没差，有过抱怨，但是更多是憧憬。语言永远是最好的工具，在这条路上天道酬勤是真理。

所有的深爱都已是秘密：我想有一份自己的力量，足以托起自己世界的重量，满足自己小小的骄傲，和这世界温暖相拥。看着走着，难以定论自己一成不变什么，却希望一路感受生命的真实，活得精彩。

FanFan思远：有时候觉得，人与人之间的缘分真的很奇妙。有些人素未谋面却像多年的老友，从未生活在一起却有相似的价值观而显得格外合拍。或许因为彼此都有对梦想的执着，才会让两个刚刚相识的人，在这冷漠的世界距离瞬间拉近并心生温暖。有些路虽然难走，但你从来都不是一个人。给所有有梦想并上路的人点个赞。

大白要当学霸：平平淡淡，陪陪爸妈、陪陪豆豆，也不放弃自己的理想，努力让自己过得充实。

李家有女叫三土：生活就是学会不断地接受，接受亲友的离开、接受现实的残酷、接受他人的批判、接受梦想的破灭，在这样的接受中成长，在这样的接受中生活，在这样的接受中学会接受。

追风筝的狮子：多年后的我回头看自己，是被现实磨平了棱角吧？那时候的梦想变了吗？你快乐吗？去做自己喜欢的事了吗？成为自己想成为的人了吗？也许我会数落自己的轻狂和无知吧，也许会为了多年后的自己感到骄傲吧。因为不知道未来会变成什么样，而又不希望它太糟糕，所以活在当下，努力成为自己喜欢的人，不会日后懊悔。

强乐的libby：随着年龄的增长，梦想也慢慢地被繁忙的生活扰乱，但是我们之所以到现在这个尴尬的年龄还在谈论梦想，无非就是为了让自己变成自己看得起的人。然后用我们小小的虚荣心，去给我们认为是傻偏的人，讲述我们看似苦逼却乐在其中的故事。Yeah，因为我们是过来人。

朔城的倔强人生：亲爱的少年，永远都不要放弃自己的梦想，就算那梦想遥不可及，就算别人冷嘲热讽认为你是痴人说梦，就算你为它付出了所有汗水却看不到希望，就算你觉得前方一片黑暗看不到光亮，你都不要放弃。只需要努力努力再努力。那份强大到就算毁灭一切都打不倒的少年热血，请坚持下去。

孤独的逗逼：关于梦想的坚持，我仍旧保持着怀疑的态度。我大三，有一个叫岩狗的逗比损友，有一个在武汉念书的妹妹，有1500元的生活费，有梦想。十年后，我会有家庭，会有要赡养的父母，会有更多的责任，那时或许我不会坚持梦想了，又或许我的梦想就

295

是我的家庭了。但我不会嘲笑那时的我，就像我不会嘲笑过去的我一样。

青盛景叙深情_冉冉：每天起得比鸡早、睡得比狗晚的日子真的很难熬，但梦想又怎么可以只是梦里想想？为了像你说的那样依靠自己的力量平稳地站在大地上，为了不要一辈子只能隔着屏幕看男神，为了一路走过、惺惺相惜的人。最难的是拼死坚守，最易的是随波逐流，只愿我们都能被这个世界温柔以待。

空欢喜May：生活感悟对我一个刚过20岁的人来说，有时候说出来会变成特别矫情的事情，这是个做什么都在看别人眼光的时代。我们嘴上都想成为特别的，我们最后可能都是最平庸的。我们很少抱怨自己，我们总是责怪别人。其实我们并不会生活，所以买了一大堆教科书，可是我们最后可能都不知道自己到底想要什么。

DxChris：当你喜欢上一个人而ta也别扭地回应着你，请不要轻易惊动你们的暧昧，最微妙的关系莫过于一个打死不说、一个打死不认。比如她试开了你的手机密码却装傻一遍遍再试，比如你去机场接她的前一夜把车里装满了周杰伦的歌。

cry_阿水：我之所以没有放弃梦想，不是因为我坚信我最终会走到彼岸，而是因为我清楚，我还没有强大到可以丢下它独自前行。它虽然不能扶持我，但至少可以让我知道，我想去的地方有多美好。

只有前行，才可以近一点儿，再近一点儿，才有勇气面对我的人生，才知道自己是多么幸运，拥有今天的所有侥幸。

悠悠的天兵妈咪：想起毕业前夕老师总让我们做个五年规划，规划自己的未来，定下目标并努力地一步步去实现它！今年正是我毕业的第五年，如今我已婚，做着一份与专业无关的工作，朝九晚五，当年的梦想已离我越来越远。想起某个电影片段：一个被生活所迫压力山大的父亲说，我的梦想都被珍藏在抽屉里，夜深人静时再细细回味。

王亚亮基层篮球老师：发现很多朋友都写得特别文艺范儿，可能受您的影响吧。我的梦想也一直再坚持，只不过从刚开始的高调奋进，现在随着年龄大了，变成了默默踏实前进，把梦想说得具体点儿，个人认为限制潜力，自己认为内心深处最想追逐的那个感觉，就是我的目标也是我的潜力！奋斗！梦想不止！

不二l心：梦想是奢侈品。人偶尔也需要奢侈几次，我是梦想的实践者。

放弃远比坚持痛苦的多朱小猪：高考完败，读雅思准备出国，失败。去了一个不可想象的大专，熬出了我人生中唯一的白头发，整个家几乎崩溃。后来要转本，自己报班，爸妈陪我租房复习，转去南京。现在准备雅思，拖了三年是时候了，也去江苏电视台实习了。梦想就是你一定死活都要挣扎着去看看它是什么样子。大不了从头再来，没死呢，怕什么？

蜗子的沉沦地带：现在已是凌晨3点，一个人在实验室努力写文章，纯粹为了向师兄证明我就是我们这一级里面最优秀的。如果你无法为了梦想改变环境，那么就改变自己。折腾自己总比折腾别人来得自然，而这就是我目前所理解的生活。

滴答滴的小雨：梦想就是，当身边的人对你的追求不理解、不宽容、不屑时，对你冷嘲热讽时，以救世主的姿态告诉你社会很现实时，笑你太傻太天真时，甚至用"我这是为你好"堵得你哑口无言时，你笑着对自己说：即便如此，我也该为自己心中所求坚持一会儿，再坚持一会儿，不为其他，只为将来回首来路，不是一步遗憾、步步遗憾。

Miffy喜欢草莓味糖糖：渐渐地发现，现在认识的人越来越多，而能称为朋友的却依然还是那几个。并不是大家都变得虚伪，也许是每个人都变得胆小，害怕去相信，害怕去付出。我总是说我最大的幸福就是我爱的人都幸福，所以我必须更努力，然后有能力保护每一个我爱的人。

W同学不想写Java作业：一个人跑到广东上大学，第一个寒假上了口译课，大年三十拖着拉杆箱在街上漫无目的地走着，晚上坐在珠江的石凳上吹风，打电话给家里报个平安。"囡囡，晚上有吃好吃的吗？""有啊，和同学出去吃了，不用担心，新年快乐……"
挂掉电话，看着屏幕的光一点点暗下去，然后拿纸巾擦了擦，继续
吹风。

后知后觉的WHY："我最辉煌的时候，就是现在了。"愿你如智者
一般去选择，如愚者一般去努力，如当局者一般去快乐去痛苦去感
受点滴情绪，而最终如旁观者一般去看待去承认去接纳青春百态。

crackerjack宁桓宇：从家人都要放弃的叛逆男孩儿，到专业第一。
2013年夏天这个单纯善良真实的人走进我的生命，让封闭半年的我
努力迈向新生活。一年了，我成为护士，他成为小有名气的明星，
或许现在并没有到家喻户晓，也不管要一年两年还是更久都会一直
陪伴。因为他说会很努力让我们以后提起他时满脸骄傲。未来的路
一起加油！

小肉包心中还有个尚未崩坏的地方：有人说啊，为什么要追一个永
远都到不了的梦呢？可是，就是因为那个梦追不到，所以才会想努
力向前跑，因为靠近一点点就会觉得很温暖。我追梦，你笑我徒
劳，而我一个人在路上，走完的四季，却是你永远都体会不到的风
景。所以，晚安的话总是留给自己。

Ryan,,,,Won：我突然间发现，当自己越脚踏实地地站在这个大地
上，自己心中就越没有任何迷茫。可能是当一切对生活的冲动和那

些励志的话语都化为自己生命中每一个细胞时，你会觉得你遇到的一切事物和人都是很有意义的。

丹小妞每天都要充满正面能量：关于爱情：今年23岁，却没有谈过一场正式的恋爱。可能有时会难过，长相普通性格又不好，但我相信那个人一定会出现。关于梦想：两次高考都没有考好，还有一年就毕业了，希望顺利毕业，希望事业有成。关于自己：过去做错了一些事情，我一定会改正。关于性格：朋友说不用改，改了就不是自己了。

爱灰灰的大猩猩：好像什么都能迁就，又好像什么都不能忍受。好像什么都很在乎，又好像对什么都十分冷漠。好像很愧疚，又好像没心没肺、心安理得。好像很想说话很想喋喋不休当个话痨，又好像无话可说无话想说像个哑巴。好像很想哭，又好像恨不得笑出来。人，真奇怪。

不二家的小天：大三那年，决定考研。每天早上爬起来就是教室，一直到晚上10点半才回宿舍，收拾收拾倒头就能睡着。记得12月31号的晚上，因为宿舍不关门，所以到11点40才回宿舍。当时不敢一个人走，特意叫了个男生陪我。我们边走边感慨这一年的不容易，互相鼓励一起加油。现在想想，那段日子是大学四年最珍贵的回忆。

是木目：已经开始羞于提梦想，那好像只存在于年轻时的梦里，不知所起却快要终结。谁知道终结一个缥缈的，开始一个踏实的，或许是最好的事。现在只想做好我的工作，爱好我的爱人，过得快乐充实。

Seeing--W：22岁了，我以为自己再也不能幼稚地做梦；后来才发现，梦才刚刚开始，它需要许多行动和更多努力去灌溉才能开出灿烂的花。人生没有彩排，每天都是现场直播，我希望我能一直拥有倔强的因子、不妥协的心，相信希望、相信爱，演出一场充满惊喜的生活喜剧。

昧昧_時線TimeLine：其实一直觉得"梦想"是个很沉重的词语，它承载了不少东西。关于梦想最重要的就是坚持吧？如果梦想是一个在你觉得撑不下去的时候能让你死命撑过去的东西，那就去选择它并相信它。它总会带给你觉得与别人不一样的人生和只属于自己的成就感。

再睡就成猪了：目前大四，现在的想法就是毕业后的这三年把注会和雅思考了，再去读研，充实一下自己。好像说不出来什么感悟，只觉得每次把自己列在小本子上的计划，一项一项划掉，那种感觉真的很棒。希望几年后的我看到这段文字时，我已经完成这些计划了。

山千惠：其实这整整24年对于她来说除了为我操心，其余都是空白的，是我欠她的时光。有一夜，我在异乡的车站等候末班车，忽然雨水就哗啦哗啦地往下落。那一刻我读懂了她寂寞无私的爱。她的一句"人早晚都会死"把所有遗憾和无奈都归咎于我自己。而我用一辈子时间恐难补偿，只愿她安康。

蒋茜茜不是蒋茜茜：20岁，一个不知道往哪里看的年纪。有太多迷茫、太多不安，不知道未来会是怎样。而我只有选择等待！也许有些事情真的就是命中注定。生活还是如此残忍。面对即将跨出学校大门的我们，面对一切新事物，又会是怎样呢？太多的不安、害怕，唯一能选择的就是面对。谁也不知道下一秒会发生什么。

MoliviATch：你觉得别人很牛逼，于是你寻着前人的脚步想创造一样的奇迹、辉煌，比之逊色一些也无妨。你不知道的是，当你存在这样的想法时，你已经不可能成为最真实的自己，不可能获得幸福。你在盲目地朝着别人的方向走你的路，过你的人生。晚一些找到自己想走的路并不可惜，可怕的是你，从头至尾，都不认识你自己。

想拥抱那假装犯二张口笑的陈信宏：就像你说的那样，准备考研的那段时间，早起晚归每天过着寝室—自习室一线的生活，很多时候都觉得很累，但是看到前面的目标还是觉得很有动力——虽然最后还是调剂了一个学校，但想起那段时光还是觉得很值得。可是现在，突然不知道该干吗了，不知道能做什么了，好像再也没有什么可以让自己再义无反顾一次了。

大羊羊要瘦瘦瘦瘦瘦：22岁，跨考翻译，放弃考研调剂的学校，决定再来一年。他们说女生青春很重要，不要浪费；他们说女孩子在外面打拼不如回家；他们说女生要那么高的学历干吗。那么，就对他们笑笑，让他们放心，这些，我当然懂。然后咬咬牙，继续朝着自己认定的方向义无反顾地走下去。22岁，能继续为梦想奋斗，感觉棒极了。

我叫巨能拖：24岁的现在，每一种经历都值得被珍惜。把年少的梦想分割成一个个小小的梦想，从现实出发，付出努力让它们落到实地。年月累积出年少的那个梦想，初心未改。

楊小璐璐璐璐：其实，有点儿羡慕那几个人。至少，她们认定了一个人，便是永远。至少，他们小吵小闹过去了还是很好。而我们，都想要面面俱到。

熟者：牙膏没了，就丢了；衣服脏了，就洗了；头发长了，就剪了。其实，当一句话说完后，并没有马上这么去做。几天过后，你会发现，空空的牙膏盒子还在，换洗的衣服依旧未洗，披散的头发还是很长。这只不过是我们一直在等待去做某一件事的日子而已。

Kaaaye_Shhhen：今年25岁，几年之后，即便还是一个人，或者不

是一个人，我希望听到别人说沈嘉怡现在过得真好。

往前一步是幸福宝贝：在国外这两年，经历了无数意料之外，每一次过后，都会对自己说："看看，不是都过去了吗？"既然选择了努力生活，就要忘了身后的唏嘘和掌声。

miss箬溪：活了二十来年终于愿意承认自己一点儿也不聪明，做不到一边玩游戏一边考好成绩，不能一边致力于社团活动一边拿奖学金，没办法同时对几件事得心应手、游刃有余。开始意识到这个真令我沮丧啊，可是那能怎么办呢？我只能认定一条路摸黑走到底，后来发现这也没什么不好，少了东张西望，所剩的路会走得更加笃定。

ss思敏-：以前觉得自己拥有的梦想都太遥远，远得在梦里都看不真切，总是觉得所有努力都是徒劳，拼了命地想要向前跑却依旧在原地踏步，所以就不愿再付出分毫。然后，突然发现一直在背后支持我的父母，即使再累再苦，也从未想过放弃。顿时明白不管梦想有多远，都应该竭尽全力努力一次，只为了那些爱你的人。

王xiao呆：现实中的身份和责任告诉我要在那个年纪干该干的事、做大家都做的事，遵循着所谓正常的轨迹。我也一样做了普通平凡的孩子，我知道我心中还有力量还在期盼自己的改变，走过二十五年的路，我知道，该做的事一定要做，自己的梦想也一定要由自己去实现。梦是美丽的心碎，只有实现了才是有意义的果实。

cady沈：今年本命年，人生第一个十二年在父母的庇护下肆意快乐地成长。第二个十二年在经历中考、高考、大学、毕业、进入社会、参加工作后总觉得自己成长有余，成熟不足。下一个十二年，我希望自己勇敢地去经历，并在种种经历中有所获得与积累。当我36岁再回望此时的自己时，她可以很骄傲地说："嗯，我的确变成了更好的自己！"

_Xxxuue：我愿终日想念我一路走来的昨天，用今后的日子做更好的自己。因为热爱，所以坚持。热泪盈眶，永远的22岁。

黑暗里的曙光LX：生活，最难的，无非八个字：顺其自然，随遇而安。

喵喵眯哑：说实话越来越觉得"梦想"这个词特缥缈，年纪越大就越现实，姑且脚踏实地地走好眼前的每一步，以防在未知的某一天失足跌倒。我觉得这是对自己最负责的态度，俗称稳妥的梦想。

一骑倾尘：十年前，16岁，相信这个世界所有的美好，对未来有无尽的期许。现在，26岁，见到、经历过现实中的很多不美好，开始认真对待每一个当下，学会珍惜还在身边的人，仍在为理想坚持。十年后，36岁，希望能变成自己喜欢的样子，能够骄傲地跟自己说："我没有辜负十年前的你。"

xln-an：看好多书，都说要把欲望清单列出来。但我每次静下来，拿着笔和空白纸想认真写下的时候就觉得，每个年龄都有每个年龄想做的事情，经历的东西不同，你的欲望就会不一样，更何况是天马行空的白羊座，所以每次到最后都是空白。到后来觉得，顺其自然才最好，坚定的目标不是写出来的，它一直就是在心里提醒着自己。

旅行的小王子：之前看到一句话，说活到26岁就死掉。现在我24了，但是我并不想死。可是上帝却给我下了通知书，通知书上写着我如果不治疗的话，会在三四年的时间里死去。现在已经过去快两年了，我决定这几天开始接受治疗，我希望十年之后我还能看到这段话，不仅仅是十年后、二十年后，或者是我痊愈的那天。我等着。

牛逼闪闪的云淡风轻：就像说的那样，对于未来很迷茫，也就说明未来有无限的可能。三年前或者更久之前我没有珍惜自己，所以现在才拼命努力。我最大的优点就是知道自己想要什么，我会努力，我会做到那个未来遇见的美好的自己，也会做到未来的自己一定会感激现在美好的自己。我知道，如果自己不努力，没有人能给你自己想要的未来。

HyperChuuuuu：以前我有过很多所谓的梦想，但是从来不为梦想做出努力，所以常常只有失落；现在我有很多简单细小的想法，但我会为它们做出行动。在我觉得想放弃的时候，觉得自己很努力的时候，总有人比我更努力。如果我有想坚持的事情，那我就没有不努力的理由。不要总觉得梦想放弃了你，很多时候是你不愿意为它坚持。

莫忆小窝：昨晚还在想再过两天就27岁了，若是要许愿会许什么。愿家人身体健康，愿宝宝健康快乐成长。这两年经历了家人的身体病痛、宝宝的降临，现只愿未来的生活平平淡淡，健康就好。

楚叻个姗："希望你过得比我好。"我们都希望对方能过得比自己好，可是大多时候，我们太专注于对方过得好不好，而忽略了自己也是被祝福的。某些人是某段时光的全部回忆，我希望接下来的时光记忆，除你之外，也同样温暖、安心、过得很好。

Finallyonce：我一直相信，有那样一种固执的相信和等待，可以冲破所有的藩篱，跨越未知的障碍。像两颗遥遥相对的恒星一样，在漫长的人生境遇中终于相互交会，变成彼此轨道上融为一体的光芒。不过，不管结局如何，我从未后悔和你遇见过。

小草2012223：生活就是要不断地给自己甩巴掌，你越觉得痛，就越努力，越努力就越幸运，越幸运日子才会越过越好。梦想就像漂在海里的帆船，你努力地靠近它，看似近了，却远得够不着；当你觉

得遥不可及的时候，它却又在你的前方向你招手，你努力靠近才能有抓住梦想的一天，你不努力就永远不知道赢过梦想的滋味。

安心navy：15岁确定梦想是参军，20岁在大学保留学籍参军入伍，那时的实现梦想，可能只是对懵懂青春激情的兑现。22岁离开部队，之后读研。今年25岁，再决定一生去向时，仍然魂牵梦萦我的军装，没有想到那个幼时的渴望会成为一生的归属。梦想是，你若不忘，必有回响。

---Gardenia---：青春期的时候一直都想锋芒毕露，自己一点儿优点都想无限放大给别人看，现在马上要上大三了，觉得随遇而安，对身边的人宽容点儿，爱父母、爱朋友，多给别人机会，对别人报以微笑才是重要的。更希望自己能在如此现实的社会中，能像此时手上的指甲油的颜色一样鲜红地活下去。

Stacey_雅雅：你总是羡慕别人光鲜亮丽的样子，却从未注意到别人落魄时硬着头皮撑下去的时候。你可以对别人的成功嗤之以鼻，但更应该想想别人在你看不见的地方付出的汗水和努力，并问问自己是否可以做到这般成功。所以我今天能做的只有默默地坚持，我相信今天的隐忍都会使我日后更加瞩目。

bonnieren：飞机上那些误机的空座、酒店里那些客人未到的空房、考场上那些缺考的空位、人生中那些半途而废的放弃、岁月中那些不堪被浪费的时光，有多少答应过自己却没能做到的约定？从这一刻起，这一切，我通通不想再失去。有多远，我就会坚定地走多远。你好，2014，希望现在不算晚，也不算完。

丘淑紫Suzy：给未来的自己。现在的我21岁，还有68天就要结束实习工作，我知道自己的下一份工作不会是现在的工作，但我不知道我下一份工作会做什么。我不迷茫，因为未来的我依旧可以用心孝顺父母、照顾自己。丘梳子，愿69天后的那个你，会努力踏实、认真向上。努力地做着你喜欢的工作，会微笑乐观、积极向上、平和地过着你喜欢的生活。

后

序

这本书也就这样写完了，想着再过不久就会你们的手里，就会觉得特别感激。我从来没有想过有一天，会有人愿意听我说话，是你们让我发现自己有着这样的力量。

我总是想成长地快些再快些，却又总是磕磕绊绊，说要放弃，可转过头就又咬着牙坚持了下来。不是什么天才，没什么惊世骇俗的本事，有的只是自己才知道的一些坚持。我想你也同样。能做自己喜欢的事，就是我全部的本事了，所以只有这件事，绝对不要放弃。

最后一篇《愿我们都被世界温柔地爱过》，和前一本书的最后一篇名字相近，是想要把这个文章做成一个系列，想在很久以后看看自己是否还能保持一颗温柔的心。成长不是变得越来越现实，而是变得越来越能够接受现实。

一直以来都觉得每个人都该有他自己的声音，属于他自己的想法，所以每次都会在书的最后征集一些大家的话，想让大家参与进来。每次筛选的过程都很挣扎，恨不得把每个人的话都放进来，每个人的话我都有看到，每个人都在以自己的方式发光。

最后这部分的名字来源于我很喜欢的一首歌——《我心中尚未崩坏的地方》。每个人心中都一定有一个尚未崩坏的地方，即使遭遇再多挫折，你也不会把这个地方舍弃；即使不为人知，也依旧倔强；我们都一样。

坚持到底的事情才有意义，能用自己的力量在这个世界上站稳的人都是勇敢的人。我想，我们最终都会成为这样的人。

Cheers，干杯。

愿 有 人 陪 你 颠 沛 流 离

如果你愿意，记住我的名字，我叫卢思浩。是个幼稚鬼，是个做大梦的傻子，是个笃信自己未来的人，是个能为一点微小的事情开心一整天的人，是个能在城市里迷路的路痴，是个妄想留住时间跟时间赛跑的人，是个熬夜控，是个妄想用不多的文字照亮这个孤单宇宙的人，是个喜欢先说大话然后去拼命实现它的傻瓜。

微博@卢思浩：http://www.weibo.com/u/1662194560
个人主页：http://www.renren.com/270597316/profile
公共主页：http://page.renren.com/600745479/index

愿 有 人 陪 你 颠 沛 流 离

/

素 黑 推 荐

读 者 分 享

音 乐

视 频

活 动 花 絮...

读 书　空 间

素黑
工作室

特别鸣谢

愿有人陪你颠沛流离

感谢理解我的编辑冰原，对这本书付出的心血。

装帧设计师八牛先生、版式设计利锐女士，以及杨婧姑娘帮忙设计周边。感谢张航先生对插图及设计提供的创意，素黑工作室的苏杨先生、设计师Valentino和相关人员帮忙制作音乐和视频。

感谢参与这本书制作和宣传的陈江、毛闽峰、张璐还有其他很多人对我一直以来的包容。

特别感谢中南博集天卷对我这本书的支持。

感谢我身边的朋友老陈、包子、唐诚和大丁愿意和我分享他们的故事，更感谢他们一直在用他们的方式支持我。

最后要感谢的是每个能看到这本书的你，谢谢你们把勇气借给我，是你们让我坚定了写下去的信念，也希望这本书能给你一些继续往前走的力量。

图书在版编目（CIP）数据

愿有人陪你颠沛流离 / 卢思浩著. -- 长沙：湖南文艺出版社，2014.7
ISBN 978-7-5404-6788-3

Ⅰ. ①愿… Ⅱ. ①卢… Ⅲ. ①散文集－中国－当代
Ⅳ. ①I267

中国版本图书馆CIP数据核字（2014）第129455号

上架建议：畅销·文学

愿有人陪你颠沛流离

作　　者：卢思浩
出 版 人：刘清华
责任编辑：薛　健　刘诗哲
特约监制：陈　江　毛闽峰
策划编辑：范冰原
版式设计：利　锐
装帧设计：八牛·设计　baniu_zhu@163.com　八牛 DESIGN
出版发行：湖南文艺出版社
　　　　　（长沙市雨花区东二环一段508号 邮编：410014）
网　　址：www.hnwy.net
印　　刷：三河市中晟雅豪印务有限公司
经　　销：新华书店
开　　本：880mm×1270mm　1/32
字　　数：214千字
印　　张：10.5
版　　次：2014年7月第1版
印　　次：2019年1月第9次印刷
书　　号：ISBN 978-7-5404-6788-3
定　　价：35.80元

质量监督电话：010-59096394　团购电话：010-59320018

愿那些错过的人
经历了颠沛流离之后还能再度相逢